中華教育

特種兵學校 ①

新兵集結號

八路 著

特種兵學校

① 新兵集結號

八路 著

責任編輯　華　田
裝幀設計　明　志
排　　版　陳美連
印　　務　劉漢舉

出版　　中華教育
　　　　香港北角英皇道 499 號北角工業大廈 1 樓 B
　　　　電話：(852) 2137 2338　傳真：(852) 2713 8202
　　　　電子郵件：info@chunghwabook.com.hk
　　　　網址：http://www.chunghwabook.com.hk

發行　　香港聯合書刊物流有限公司
　　　　香港新界大埔汀麗路 36 號
　　　　中華商務印刷大廈 3 字樓
　　　　電話：(852) 2150 2100　傳真：(852) 2407 3062
　　　　電子郵件：info@suplogistics.com.hk

印刷　　美雅印刷製本有限公司
　　　　香港觀塘榮業街六號海濱工業大廈四樓 A 室

版次　　2019 年 3 月第 1 版第 1 次印刷
　　　　©2019 中華教育

規格　　32 開（210mm x 153mm）

ISBN　　978-988-8572-37-3

謹以此書獻給
每一個懷有「軍營夢」的勇敢少年們！

猛虎小隊

冷酷到底的教官
張小福

沉着冷靜的
華南虎

憨厚強壯的
東北虎

緊急集合!!

機智靈活的
黑藍虎

勇敢衝動的
霹靂虎

博學睿智的
劍齒虎

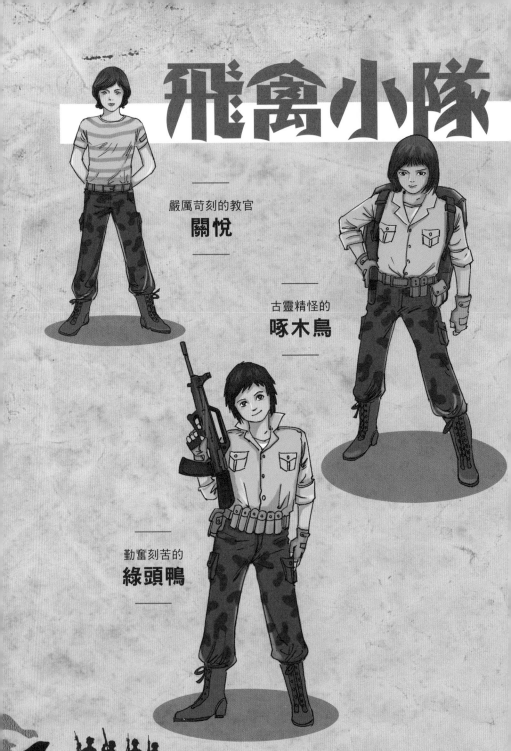

飛禽小隊

嚴厲苛刻的教官
關悅

古靈精怪的
啄木鳥

勤奮刻苦的
綠頭鴨

緊急集合！！

敢作敢為的
梅花雀

勇往直前的
尖尾燕

爭強好勝的
百靈鳥

「一個特種兵再厲害也不過是把尖刀，而一個特種兵小隊團結在一起則是強有力的戰鬥羣。

所以，你們進入特種兵學校的第一課便是要學會合作。」這是特種兵學校開學第一天，男生隊的教官張小福講的第一句話。

不過，站在隊伍裏的一位新學員卻不贊同。他嘴裏小聲地嘀咕着：「不怕神一樣的對手，就怕豬一樣的隊友。要是碰到處處拖後腿的隊友，還不如我一個人戰鬥。」

「是誰開學第一天就這麼不守紀律？給我站出來！」張小福大喊了一聲。

張小福有一句口頭禪：槍法是練出來的，毛病是慣出來的。開學第一天，他可不能就讓這羣小屁孩放肆。

可是沒有想到，張小福的話音剛落，一位少年便從隊伍裏站了出來。他一臉傲氣地大聲説：「大丈夫敢作敢為，是我説的。」

張小福的鼻子都快氣歪了，心想這小子竟然敢公開跟自己唱反調，看來要好好收拾他一下才行。

「你叫甚麼名字？」張小福問道。

「我叫王大鵬。」那少年仰着頭，一副桀驁不馴的樣子，「教官，我知道你叫張小福，『大鵬』比『小福』氣勢大多了吧？」

隊伍裏的新學員們忍不住笑了出來。張小福的頭頂上立刻冒起了火苗，他強忍着怒氣説：「一個人是不是強大跟名字沒關係，關鍵是看實力。」

王大鵬的眉毛向上一挑：「論實力，我可不是吹牛，全省青少年散打比賽的冠軍就是我。」

「嘖！全省散打冠軍算甚麼，我還是全國的少年柔道冠軍呢！」隊伍裏有一個人發出了鄙夷之聲。他叫夏天，長得人高馬大，看上去很唬人。

王大鵬和夏天都不是吹牛。能夠進入特種兵學校的少年個個都是出類拔萃的人物，最起碼在某一方面有過人之處。

作為教官的張小福有些沉不住氣了。他曾經是大名鼎鼎的少年特戰隊的隊長，在軍中幾乎無人不知。如今，被調到特種兵學校擔任教官，竟然被這些小毛孩挑釁，真是超級不爽。

其實，這些新學員到特種兵學校報到之後，竟然發現他們的教官張小福比自己大不了幾歲，心裏都有些不服。所以，都在暗中較勁，想和這位教官一比高下。

張小福也看出了學員們的心思，他說道：「既然大家都是各地選拔來的精英，就給大家看看究竟有多大本事吧！」

王大鵬早就想挑戰這個不起眼的教官了。他挽起袖子就來到了張小福的面前。

張小福的嘴角輕輕向上一翹，這是他表示不屑的經典動作。

王大鵬二話不說，上來就是一記直拳。張小福的頭向側面一歪，拳頭貼着他的面頰劃過。

張小福的散打水平在特戰隊中是數一數二的，他的拳法、腿法和摔法靈活多變，從不死搬硬套。

只見張小福在躲過了王大鵬直拳的同時，右手向上一翻，抓住了他的手腕。然後，借助王大鵬向前的力量使勁向前一拉。王大鵬站立不穩，身體向前倒過來。張小福的腳下早已一鈎。王大鵬雙腿被絆住，摔了一個狗啃泥。

　　僅僅一個回合，號稱全省少年散打冠軍的王大鵬就被打得落花流水。這下可把學員們看傻了。

　　張小福拍了拍手，瞇着眼睛說：「我嚴重懷疑你在吹牛，全省的青少年散打冠軍不可能這麼差勁。」

　　王大鵬從地上爬起來，臊得一個大紅臉：「我沒吹牛，我就是！」

　　「好，那就算你是吧！」張小福略帶蔑視地說，「誰要是不服，還可以上來切磋一下。」

　　那個叫夏天的大塊頭蠢蠢欲動，卻被旁邊的小帥哥拽住了。小帥哥名叫張博涵，是這些學員中年齡最小的。

　　張博涵小聲地說：「你還是別上去了，張教官可是參加過國際特種兵大賽的，而且得了冠軍。」

　　「你是怎麼知道的？」夏天偷偷地問。

　　張博涵做了一個鬼臉：「地球人都知道了，就你還不知道呢！」

　　夏天感激地說：「謝謝兄弟，不然我上去也是丟人。」

　　他倆從此成了最要好的兄弟。不過，張博涵一直有個

小秘密沒有告訴夏天，那就是他跟張教官有一層特殊的關係，所以才知道他那麼多秘密。

王大鵬回到了隊伍裏，臉熱得發燙。輸了沒關係，畢竟是跟教官切磋，關鍵是輸得那麼慘，太對不起全省青少年散打冠軍這個頭銜了。

張小福見學員們都安靜了下來，便調整了一下表情，說道：「現在開始進入正題。你們是第一批被選入特種兵學校的少年，男生隊五人，女生隊也是五人。」

「甚麼，還有女生呢？我怎麼沒看見！」

那個不守紀律的王大鵬，一聽到女生兩個字，又開始叫嚷了。

張小福瞪了王大鵬一眼，繼續說：「男生隊叫『猛虎小隊』，每名學員都有一個代號，從今天開始，你們要忘掉自己的名字，只能以代號相互稱呼。」

然後，張小福把每名學員的代號公佈如下：

高一飛代號：劍齒虎

王大鵬代號：霹靂虎

夏天代號：東北虎

田野代號：華南虎

張博涵代號：黑藍虎

聽到自己的代號，有人喜歡自己的，有人更喜歡別人的。比如，高一飛就很喜歡自己的代號「劍齒虎」。因為劍齒虎長着一對猶如利刃的牙齒，這和特種兵的風格太像了。

可王大鵬就不喜歡「霹靂虎」的代號，這分明是在説自己是急性子，沒頭沒腦呀！夏天和田野都對自己的代號還算滿意。而張博涵則完全搞不懂「黑藍虎」是甚麼東東，所以既説不上喜歡，也説不上不喜歡。

「你們的代號都記住了沒有？」張小福瞪圓了眼睛，大聲地問道。

「記住了！」隊員們回答。

「大聲點！」張小福顯然很不滿意，「記住，從現在開始你們就是特種兵學校的學員了。」

「記住了！」學員們使出了渾身的力氣大吼道。

張小福勉強點點頭：「下面大家解散，然後到倉庫領取你們的軍裝。每套軍裝上已經標記了你們的代號，只要按照代號領取就可以了。」

一聽說要領軍裝了，學員們興奮起來，立刻向倉庫衝去。

「霹靂虎，你留下來。」張小福喊道。

王大鵬根本沒反應過來，他對這個代號還沒有適應。

張小福又喊了一遍：「霹靂虎，你留下來！」

王大鵬這才站住了腳步：「張教官，甚麼事情？」

「你先去操場跑十圈，然後再去領軍裝。」

王大鵬一聽就火了：「憑甚麼？別人都去領軍裝，而我卻要挨罰。」

張小福兩眼一瞪：「不為甚麼，這是命令。」說完，他轉身離開了。

講武堂

中國的第一所特種兵學校

中國到底有沒有專門的特種兵學校呢?

這個當然可以有了。就在 2012 年,中國的第一所特種兵學校 ——「特種作戰學院」正式在廣州成立了。在這所軍校裏集中了全軍的特種兵精英來擔任教官,比如狙擊王、跳傘王、潛水王,等等。

特種兵學校的學員也是從全軍各個部隊選拔的精英,他們在這裏要經過地獄般的訓練,掌握各種特種作戰的技能和使用各種武器作戰裝備,才能成為合格的特種兵。

2

女兵的戰爭

霹靂虎被張教官罰跑步，他雖然有氣，但又不得不服從。

猛虎小隊的其他人興高采烈地朝倉庫跑去，他們要領取屬於自己的軍裝了。

劍齒虎的腳底下像裝了哪吒的風火輪，數他跑得最快。即使是這樣，當他到達倉庫的時候，前面的位置竟然被一羣女生佔領了。

這幾個女生就是和猛虎小隊同一批錄取的少女特種兵學員。不光這幾個女兵在場，她們的教官也在。女生隊的教官名叫關悅，和男生隊教官張小福都是從少年特戰隊成長起來的精英。

女生隊的代號是「飛禽小隊」，每名隊員也都有自己的代號。

那個「男仔頭」模樣的莫小歡，代號是「梅花雀」；那個長得最漂亮，説起話來甜甜的黃雅莉，代號是「百靈鳥」；那個身材苗條，高出別人一頭的上官菲兒，代號是「尖尾燕」；那個一直在説話的小機靈鬼孫茜，代號是「啄木鳥」；躲在人羣裏，低着頭，不聲不響的安琪，代號是

「綠頭鴨」。飛禽小隊同樣規定，從今以後大家只能稱呼代號，而不能叫對方的名字。

這羣女學員嘰嘰喳喳聊得正歡，根本沒有注意到劍齒虎的到來。

「關教官，是我們女兵厲害，還是那些男兵厲害？」那個兩眼機靈的啄木鳥問道。

「那還用問嗎？」沒等關悅回答，「男仔頭」梅花雀便搶着說，「現在的社會是陰盛陽衰，當然是我們女兵厲害了。」

漂亮的百靈鳥看了看「男仔頭」梅花雀說：「從你的外形看的確是巾幗不讓鬚眉。」

梅花雀一聽這話，馬上就火了。她知道百靈鳥這是在嘲笑自己長得不漂亮，像個「男仔頭」。於是，她眼中冒着火對百靈鳥說：「你說話注意點，別把我當成傻子，不服氣就比試一下。」

「春風吹戰鼓擂，一比高下誰怕誰？」百靈鳥也不示弱，「你說比甚麼吧？姑娘今天就讓你見識一下甚麼叫才貌雙全。」

劍齒虎在一旁看得直想笑，真是三個女生一臺戲，竟然窩裏鬥起來了。其他的男學員也都到了，劍齒虎示意他們躲在一邊別説話，等着看好戲。

只見百靈鳥和梅花雀互相對視，兩張臉都快貼到一起了。這兩張臉放到一起比較，還真是天壤之別。百靈鳥的臉白裏透紅，梅花雀的臉黑裏透紅。一個白臉，一個黑臉，就像女版的曹操和張飛。

「我們就比做掌上壓，看誰做得多？」梅花雀仰着臉，像一隻高傲的黑天鵝。

「廢話少説，開始吧！」百靈鳥也不示弱，挽起袖子雙手撐地，已經做好了準備。

站在一旁的綠頭鴨趕緊上去阻攔：「你們兩個不要比了，大家都是好朋友，何必一爭高下呢？」

「走開，別礙事！」梅花雀推開綠頭鴨，也雙手撐在了地上。

「我來給你們當裁判。」年齡最小的啄木鳥竟然給自己封了個裁判。

「我先公佈一下標準。」啄木鳥一本正經地說，「做掌上壓的時候，雙臂要下彎成九十度，不能撅屁股，膝蓋不能碰地，否則不算數。」

百靈鳥抬起頭，厭惡地看着啄木鳥，說道：「你嘮嘮叨叨的，有完沒完？快開始！」

「嘿嘿，比賽前公佈規則，這是國際慣例。」啄木鳥朝百靈鳥做了一個鬼臉，然後喊道：「開始！」

梅花雀和百靈鳥都拼盡全力要贏對方，一個接一個地做起來。

在一旁看熱鬧的猛虎小隊都在偷偷地發笑，沒想到在這兒還能趕上一場好戲看。年齡最小的黑藍虎問：「你們猜，她們兩個誰會贏？」

「那還用說，你看那個細皮嫩肉的女生肯定會輸。」東北虎指着百靈鳥說。

「那可不一定。」劍齒虎不同意東北虎的看法，「我看那個黑黑的丫頭會輸。」

「1比1。」黑藍虎看着華南虎問，「你怎麼看？」

「哼！」華南虎愛答不理地説，「無聊。」

黑藍虎無辜地白了華南虎一眼，小聲地説：「不説就算了，就你清高。」

此時，百靈鳥和梅花雀正爭得難分高下。兩個人的臉都憋得通紅，胳膊也開始發抖了。

「30，31，32，……」

啄木鳥用歡快的聲音數着。

關悦站在一旁不説話，作為教官她應該狠狠地教訓這兩個女學員。可是作為女孩子，關悦知道女生們之間的秘密。女生有時候容易為一些雞毛蒜皮的小事計較，這是作為特種兵的大忌，所以她要看看這些女生到底都是甚麼性格，然後再一個個地調教她們。

「50，51，……」

啄木鳥還在像啄木頭找蟲子那樣，不停地發出響聲。

「真沒想到這兩個女生都挺厲害。」在一旁觀戰的黑藍虎感歎地説，「我可能都比不過她們。」

東北虎説：「我能一口氣做一百多個掌上壓，肯定能超

過這些女生。」

黑藍虎看了看東北虎那如同小腿般粗的胳膊，絕對相信這是真的。

百靈鳥和梅花雀的比試已經進入最後的僵持階段，就看誰能多堅持一兩個了。

看到女學員們都圍在兩個比賽的女生周圍給她們加油鼓勁，劍齒虎突然眼睛一亮，小聲地說：「趁着女兵們內訌，我們趕緊去前面把軍裝領了。」

大家相視一笑，悄悄地溜到了女學員的前面。倉庫保管員是一位下士，劍齒虎笑瞇瞇地對他說：「班長，讓我們男兵先把軍裝領了吧？」

下士問：「你的代號是甚麼？」

「劍齒虎！」

下士取出一套迷彩服和一套常服軍裝，上面都繡着劍齒虎的標誌。除了兩套軍裝，劍齒虎還領到了作戰靴、迷彩鞋、體能訓練服，等等。這可把他高興壞了，要不是周圍有女生，他肯定會馬上扒光自己，把新軍裝穿上去。

東北虎、華南虎和黑藍虎，也都領到了自己的軍裝。他們回過頭看着還在比拼的女兵，暗自發笑。

劍齒虎小聲地説：「我們快走，不然這幾個女兵發現我們插隊，非跟我們算賬不可。」

於是，這四個人悄悄地溜到了倉庫的外面。一出倉庫的院子，他們正好碰到剛剛被罰完跑圈，趕過來領軍裝的霹靂虎。

「你們都領到自己的軍裝了？」霹靂虎一見面，就羨慕地問。

黑藍虎將繡着胸章的軍裝展示給霹靂虎，還自豪地説：「這可是獨一無二的！」

劍齒虎的眼珠一轉，故作神秘地對霹靂虎説：「你趕快進去吧，裏面有一場好戲，去晚了就看不到了。」

講武堂

迷彩服是怎麼來的？

也許大家也穿過迷彩服，可是你知道迷彩服有甚麼作用嗎？它又是怎麼來的呢？

其實，「迷彩」是由綠、黃、黑等顏色組成的不規則圖案的一種新式保護色。軍用迷彩服要求它的反射光波與周圍景物的反射光波大致相同，不僅能迷惑敵人的目視偵察，還能對付紅外線偵察，使敵人的現代化偵察儀器難以捕捉到。

有關迷彩服的雛形，最早可以追溯到蘇格蘭的「吉利服」。這原本是一種由獵戶使用的偽裝用具，相傳為獵手吉利所發明，主要用在隱身於叢林中，以便獵殺鳥兒。最初的吉利服就是一件裝飾着許多繩索和布條的外套，在植被茂密的環境中隱蔽效果很好，即使視覺敏銳的鳥兒也難以發現。

3

倒霉的霹靂虎

霹靂虎不知道劍齒虎所說的好戲是甚麼，但好奇心一下子被激發起來。他邁開腿朝倉庫的院子裏跑去。

剛進院子，就看到了所謂的好戲。只見百靈鳥已經是滿頭大汗，熱氣都從厚厚的頭髮裏升起來了。梅花雀也好不到哪兒去，她的黑臉此時已經被憋成了紫色。兩個女兵的胳膊都在發抖，估計馬上就要趴在地上了。

梅花雀心想，關鍵時刻可不能洩氣，一定要堅持；百靈鳥心想，流血流汗不流淚，掉皮掉肉不掉隊，一定要挺住！

再看那個裁判員啄木鳥，一隻手高高舉起，嘴裏喊着：「已經是第 61 個，下面是第 62 個。」

百靈鳥和梅花雀都把胳膊往下放，誰也不想趴在第 62 個掌上壓上。

霹靂虎是個好熱鬧的人，他早就把領軍裝的事情拋到九霄雲外了。

「真是『有人的地方就有戰爭』，這句話太精辟了！」霹靂虎竟然站到了跟前，來近距離觀看這場好戲。

百靈鳥突然聽到一個男生的聲音，她忍不住抬頭往上看。本來兩隻胳膊就支撐不住了，再這樣一分心，結果趴在了地上。

「耶！我贏了！」

梅花雀興奮地把第 62 個掌上壓做完，然後從地上跳了起來，一把抱住啄木鳥，喊道：「裁判員，你現在可以宣佈比賽結果了。」

「現在我宣佈，梅花雀獲勝！」啄木鳥抓住梅花雀的一隻手臂高高地舉起。

百靈鳥急了，她那婉轉的嗓音變成了怒吼。不過，這吼聲不是衝着梅花雀和啄木鳥的，而是衝着霹靂虎。

「你是從哪兒冒出來的一根蔥？要不是你分散了我的注意力，我肯定輸不了。」

霹靂虎被吼傻了，他直勾勾地看着百靈鳥，結結巴巴地說：「是你自己技不如人，把責任推到我身上算甚麼？」

百靈鳥一聽更火了，她一把揪住霹靂虎的衣服：「今天我就要切碎你這根蔥！」

別看霹靂虎脾氣火爆，但是他有個毛病，那就是怕女生。所以，他趕緊求饒：「你別生氣，都怪我還不行嗎？再說了，像你這種人見人愛、花見花開、車見車爆胎的漂亮女生，要時刻注意形象。」

百靈鳥也有個毛病，那就是喜歡聽奉承話。霹靂虎這幾句馬屁還真管用，百靈鳥放開了手，說道：「算你小子有品位，能看出本小姐的氣質來。」

其他幾個女兵紛紛吐舌，都對這個自命不凡的百靈鳥表示了「鄙視」。

「你們到底還領不領軍裝了？」倉庫保管員不耐煩地問，他已經等了半個小時了。

「領！」

女兵們呼啦一下子圍了上去。霹靂虎被擠到了最後面。

「唉！現在的女生真是太沒有淑女風範了。」霹靂虎喃喃自語。

咦！霹靂虎竟然發現在隊伍後面還有一個女生，非常安靜，也不上去搶着領軍裝。他走過去說：「還是你與眾不

同，既比她們有氣質，又比她們漂亮。」

「你知道自己在跟誰說話嗎？」那個女生問道。

霹靂虎呆呆地説：「跟你呀！」

那個女生非常嚴肅地説：「我是特種兵學校飛禽小隊的教官。換句話説，也是你的教官。」

霹靂虎嚇傻了，他馬上立正：「報告教官，恕我失禮！」

關悦緊繃的臉突然露出笑容：「算你小子有眼光，就原諒你了。」其實，關悦聽到霹靂虎讚美自己，心裏也挺美的。

霹靂虎這才鬆了一口氣，筆直地站在一旁不敢亂説話了。

很快，女兵們領完軍裝，排着整齊的隊伍，在關悦的帶領下走了。

霹靂虎這才湊上去領自己的軍裝，當他看到軍裝上繡着「霹靂虎」的標誌時，剛才的倒霉遭遇瞬間被遺忘了。

霹靂虎拿着軍裝拔腿往回跑。他要對着鏡子照一照自

己穿上軍裝的模樣，然後拍上幾張照片發到社交媒體上，在同學中間炫耀一下。

當他回到營房的時候，其他的「小虎」們早已經把軍裝換好了。

「哇塞！還真帥呀！」

看到劍齒虎穿着軍裝的樣子，霹靂虎忍不住讚歎地說。

「人長得帥，即使穿上麻袋也光彩奪目。」劍齒虎自賣自誇起來。

「別自吹自擂了，看我穿上軍裝，馬上比你帥一百倍。」說着霹靂虎脫掉外套，就把一套野戰迷彩服往身上穿。

還別說，霹靂虎穿上這身野戰叢林迷彩服真是增添了幾分帥氣，唯獨缺少的就是軍人堅毅陽剛的氣質。

軍人的氣質是裝不出來的，必須經過摸爬滾打和嚴格的訓練，這樣才能培養出來。

「你們看上去都很興奮嘛！」

正當大家興奮地試穿軍裝的時候，教官張小福走了

進來。

「立正！」

劍齒虎立刻發出了口令，所有人都站得筆直。

這是特種兵學校的規矩，當教官進入學員的宿舍時，第一個看到教官的人要下達「立正」的口令，其他人要立刻站直。

張小福看了劍齒虎一眼，心想這個小子還挺機靈的，跟自己當年剛剛到特種兵訓練營的時候差不多。

「大家繼續試穿軍裝吧！」張小福說，「我過來是告訴你們，今天給你們一天的時間休息，明天正式開始軍事訓練。」

「耶！太棒了！」黑藍虎興奮地喊了出來。

張小福看了黑藍虎一眼，說道：「你跟我出來一下。」

黑藍虎一撇嘴，跟在張教官的身後走了出去。

「你們說，張教官叫黑藍虎單獨出去幹甚麼？」愛八卦的霹靂虎問道。

東北虎憨憨地説：「等黑藍虎回來，你自己問問不就知道了。」

黑藍虎跟在張教官的身後，兩個人走到了一個隱蔽的地方。張教官警覺地朝四周看了看，好像有甚麼不可告人的秘密，怕被別人發現似的。

4

半夜的緊急集合

猛虎小隊的教官張小福將黑藍虎帶到了隱蔽的地方，他見四周無人才壓低了聲音說：「你把我們兩個人的關係跟別人說了嗎？」

黑藍虎眨着眼睛：「哥，我沒跟任何人說。」

張小福點點頭：「千萬記住，不要跟任何人說我是你的堂哥，否則別人會以為你是走後門進入特種兵學校的。」

黑藍虎乖乖地說：「我才沒那麼傻呢！再說了，我是憑自己的實力進入特種兵學校的，跟你一點關係都沒有。」

「行，你記住就好了。」張小福揮揮手，「回去吧！」

黑藍虎轉身往回走了幾步，卻突然回過頭來問：「哥，你以後會不會對我照顧一些？」

張小福馬上臉色大變：「記住，在特種兵學校不許叫哥，只能叫我張教官。另外，我不但不會對你照顧，反而會對你要求更加嚴格。」

黑藍虎朝張小福做了一個鬼臉，然後一溜煙地跑遠了。他剛一進門，愛八卦的霹靂虎就湊上來問：「張教官找你幹甚麼？」

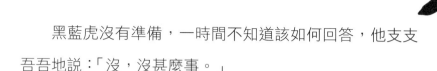

黑藍虎沒有準備，一時間不知道該如何回答，他支支吾吾地說：「沒，沒甚麼事。」

黑藍虎遮遮掩掩的表情，讓霹靂虎更加好奇了，他猜測張教官肯定跟黑藍虎透露了甚麼秘密。

「你的眼神已經告訴我你在說謊了。」霹靂虎追問道，「你到底說不說？」

黑藍虎的眼睛急忙躲開霹靂虎咄咄逼人的目光，他可是個從未撒過謊的好少年，一說謊就會臉紅。

「霹靂虎，你軍裝上的領花是不是裝反了？」一旁的劍齒虎非常機靈，他趕緊幫黑藍虎解圍。

「是嗎？怎麼裝反了？」霹靂虎中計了，他開始對着鏡子檢查自己的領花。

黑藍虎趁機擺脫了霹靂虎的糾纏，偷偷地朝劍齒虎豎起了兩根手指，表達感激之情。

劍齒虎朝黑藍虎微微一笑。這也是劍齒虎的高明之處，那就是善於團結戰友。

霹靂虎對着鏡子照了半天，也沒有發現領花哪裏出了

問題。他這才明白過來自己中了劍齒虎的聲東擊西之計。從此，在霹靂虎的心中也對劍齒虎形成了一個印象：這是個狡猾的傢伙。

教官說到做到，這一天真的沒有訓練，大家就是在整理宿舍和修剪頭髮。就這樣，學員們迎來了來到特種兵學校的第一個夜晚。

這個晚上的月亮很圓，在柔和的月光下，興奮了一天的男兵和女兵們都睡得口水直流。

「嘟嘟嘟 —— 嘟 —— 嘟嘟！」

突然，一陣急促的哨聲響起。緊接着是一聲大喊：「緊急集合！」

飛禽小隊的梅花雀第一個從牀上坐了起來，她喊道：「姐妹們快起來了，緊急集合！」

百靈鳥揉揉眼，嬌柔地說：「讓不讓人活了？第一天就大半夜緊急集合，睡眠不足會影響皮膚美白的。」

「哎喲！」

個子最高的尖尾燕發出了一聲慘叫，原來她太慌亂

了，忘了自己頭頂上還有上鋪，頭狠狠地撞到了牀架上。

那個長氣鬼——啄木鳥一邊快速地穿衣服，一邊說：「我們要快點，不能輸給男生隊。」

綠頭鴨一句話也不說，只顧着有條不紊地將戰備物資一件件地往背包裏塞。她的動作不算俐落，但是她牢牢記住了媽媽的話：不怕慢就怕亂。所以，總是堅持笨鳥先飛、有條不紊的原則。

按照特種兵學校的要求，在睡覺的時候每個學員的牀頭都要放好戰備物資，以便做好隨時出動的準備。

在這些東西裏，除了背包，水壺也是很重的，因為裏面裝滿了水。百靈鳥耍了一個小聰明，她猜想緊急集合之後，肯定要背着這些東西跑步，所以身上的東西愈輕愈好。於是，她偷偷將水壺裏的水倒掉了。

差不多十分鐘過去了，飛禽小隊的女學員們才稀里嘩啦地往外跑。而當她們到達集合場的時候，猛虎小隊早已經列隊整齊了。

「完了，第一場較量我們就輸給了猛虎小隊，太遜了！」梅花雀小聲地說。

她是個不服輸的女孩，暗自發誓下次一定要超過猛虎小隊，挽回面子。

猛虎小隊的張教官和飛禽小隊的關教官都站在隊伍的前面。他們兩個也在暗中較勁。

「關教官，你們飛禽小隊雖然是飛禽，但是好像沒有飛起來呀！」張小福嘲諷地對關悅說。

「翅膀要慢慢地長，飛禽早晚會有騰飛的一天。而猛虎小隊，最多算是走獸，跑得再快也趕不上飛禽。」

關悅的鬥嘴功夫從來就沒輸給過張小福。不過，她心裏卻對自己的女隊員很不滿，暗自發狠要好好地調教她們一番。

飛禽小隊和猛虎小隊一左一右，都已經列隊完畢了。他們在靜靜地等待着兩位教官發號施令。

突然，兩束刺眼的燈光照了過來，原來是一輛越野運兵車開過來了。越野車停到了隊伍的後面，學員們開始亂猜了。

「我還以為要跑步呢，沒想到是坐車。」黑藍虎小聲地

對身邊的東北虎說。

「我看坐車不一定是好事，說不定今晚我們要披星戴月地訓練了。」東北虎回應道。

「全體注意，立即上車！」

學員們還在猜測，張教官便下達了命令。

越野運兵車的後門被打開，猛虎小隊和飛禽小隊開始排着隊，一個個地跳上越野車。

越野運兵車的車廂兩側，各有一排長長的椅子，就像那種長板凳。猛虎小隊和飛禽小隊各坐在了一側。

他們剛剛坐穩，越野車便猛地向前躥了出去。百靈鳥的身體向後一倒，狠狠地撞到了梅花雀的身上。

「拜託，你坐穩點，行不行？」梅花雀白了百靈鳥一眼。

百靈鳥回敬了一句：「你以為我願意撞你呀？我還怕你的黑皮膚傳染給我呢！」

這兩位自從掌上壓比賽之後，火藥味還沒有散去，正處於隨時可以「開戰」的時期。

霹靂虎看着好笑，他捅了捅身邊的華南虎：「有人的地方就有戰爭，這次我們可有好戲看了。」

華南虎一向沉默，更對這些無聊的問題毫不關心，他沒有搭理霹靂虎。此時，華南虎正在想，這輛越野車將載着他們駛向哪裏？今晚又會有甚麼不可預料的事情發生呢？

被棄荒野

張小福駕駛一輛勇士越野車在前面帶路，關悅坐在副駕駛座的位置。

「你說，我們就這樣把這羣新兵蛋子運到野外訓練場是不是太便宜他們了？」張小福問關悅。

關悅點點頭：「是呀，想想當年我們參加少年特戰隊的時候，教官對我們那多狠呀，哪兒有車坐？」

張小福眼珠一轉，馬上有了一個新主意：「我們今天就考驗一下這些少年，看看他們的底子怎麼樣？」

關悅問：「怎麼個考驗法？」

張小福猛地一踩剎車，關悅的腦袋差點撞到前面的擋風玻璃上。關悅生氣地說：「你開車怎麼還是這樣沒頭沒腦的？」

「我是野獸派司機，這在少年特戰隊是出了名的，你又不是不知道。」張小福說着，推開車門走了下去。

那輛緊跟在後面的越野運兵車也來了個急剎車，停了下來。這次梅花雀的身體猛地向前一倒，撞到了百靈鳥的身上。

百靈鳥看着梅花雀説：「我撞你一回，你也撞了我一回，我倆算扯平了。」

梅花雀捂着鼻子説：「你身上是甚麼味道？熏死人啦！」

「沒見識！」百靈鳥驕傲地説，「這是我睡覺前抹的護膚品的香味。」

「原來你那白皮膚都是用化學藥水漂白出來的呀！」梅花雀譏諷地説。

百靈鳥剛要反唇相譏，突然車下傳來張教官的聲音：「飛禽小隊馬上下車。」

「為甚麼只讓我們下車，猛虎小隊怎麼不下車？」啄木鳥不解地問。

霹靂虎用手電筒照着自己的臉，做出一個鬼臉説：「因為你們是『笨鳥』小隊，當然要先飛了。」

「你這小子真討厭！」尖尾燕朝霹靂虎揮了揮拳頭。

張小福和關悦在車下已經等不及。關悦大聲地喊：「是讓你們下車，不是讓你們下轎，怎麼跟千金小姐似的，請

都請不出來。」

飛禽小隊趕緊從車廂裏跳下去。惹教官發火，沒有好事發生。

關悅見飛禽小隊已經從車廂中下來，便説道：「從現在開始你們需要自己尋找道路，走到目的地。」

聽到這裏，啄木鳥小聲地説：「我早猜到教官會有這一手了。」

關悅繼續説：「給你們一張地圖和一個指南針，目的地叫將軍山，是我們特種兵學校的野外訓練場。如果你們自己不能走到那裏，就主動退學吧！」

説完，關悅和張小福轉身準備上車。

梅花雀趕緊問道：「教官，猛虎小隊為甚麼不自己走路去？」

張小福回過頭：「誰説他們不走路了？我要把他們拉到一個更隱蔽的地方，讓他們搞不清方向，然後再扔到野外。」

坐在車廂裏的猛虎小隊一聽，個個吐出了舌頭，心想

張教官可真夠狠毒的。

關悦也回過頭叮囑道：「飛禽小隊要和猛虎小隊比試一下，看誰先到達將軍山，我希望你們是勝利的一組。」

梅花雀拍着胸脯説：「關教官你放心吧，就那幾個毛頭小子根本不是我們飛禽小隊的對手。」

霹靂虎一聽，氣得推開車門喊道：「笨鳥小隊，你們別太狂了，看誰笑到最後。」

車門還沒關上，越野運兵車就猛地開起來了，霹靂虎差點跟他剛放出的狠話一起掉到車外去。

越野車很快消失在黑夜之中，留在荒野裏的飛禽小隊一頭霧水。她們根本不知道現在是在哪裏，而將軍山又在哪裏。

綠頭鴨性格沉穩，她説道：「我們把地圖鋪在地上，先找到目的地將軍山，然後再確定現在的位置，最後在兩點之間選擇一條最近的路線。」

「這個還用你説，我早想到了。」驕傲的百靈鳥把地圖鋪在地上。

大家將手電筒的光線照到地圖上，找了老半天也沒找到那個叫將軍山的鬼地方。

綠頭鴨又建議道：「我們應該分工合作，這樣效率會高很多。」

梅花雀看着綠頭鴨，「你說得對，我們每人劃分一小塊區域，仔細地找。」

百靈鳥還是那樣不可一世地說：「這個我也想到了。」

梅花雀鄙視地看了百靈鳥一眼：「你想到了為甚麼不說？總是馬後炮，算甚麼本事。」

兩個人怒目而視了好一陣，才低下頭來開始尋找將軍山。五個人每人劃分了一小塊地圖，這樣效率果然高了很多。沒用幾分鐘，尖尾燕就在地圖的左上角找到了這個叫將軍山的地方。

「再找到我們現在的位置就可以選擇路線了。」啄木鳥興奮地說。

可是問題來了，最難找的就是現在的位置。本來對於特種兵來說判斷方位是小兒科，但是這些女兵根本還沒有

經過正規訓練，是不折不扣的菜鳥。再加上天色漆黑，菜鳥們更不知道該如何是好了。

「我有辦法了。」

正在一籌莫展之際，梅花雀突然雙眉一展，喜上眉梢。

「甚麼辦法？」大家齊刷刷地盯着梅花雀。

只見梅花雀從口袋裏掏出了手機：「別忘了，有這先進的玩意。」

大家這才恍然大悟。啄木鳥興奮地説：「對呀！手機有GPS（全球定位系統）定位功能，只要一搜索便知道我們在哪兒了。」

這就叫「山重水復疑無路，柳暗花明又一村」。飛禽小隊抓到了這根救命稻草，個個欣喜若狂。

梅花雀啟動了手機的 GPS 導航功能，沒多久就定位出了現在的位置。不僅如此，她們還輸入了「將軍山」三個字，開始搜索到達將軍山的路線。

手機屏幕上的放大鏡來回晃動，不足一分鐘，一條路線便被篩選出來。

百靈鳥就差高興地唱上一曲了，她把地圖高高地拋向空中，説道：「你已經沒用了。」

「就是，現在都用衞星導航了。誰還用地圖這麼老土的工具呀！」啄木鳥也跟着説。

那張被拋棄的地圖掉在地上，綠頭鴨默默地將它撿起來，疊好放進單肩袋裏。她想，也許甚麼時候還能用到地圖。

手機上的導航信息顯示，要到達將軍山需要走五十公里的路程。這讓飛禽小隊的隊員們有些為難，因為她們從來沒走過這麼遠。

「關教官可真夠狠的。」百靈鳥説，「五十公里走下來，我的臉非被太陽曬黑了不可。」

「當特種兵還怕臉黑呀？」梅花雀反問道。

百靈鳥陰陽怪氣地説：「你是不怕被曬黑了，就你現在的膚色都可以把張飛和李逵氣死了，就連那位包青天也會自愧不如呢！」

這個百靈鳥説話可真夠損人的，把梅花雀的火爆脾

氣一下子就給惹起來了。兩個人差點在這荒郊野外打上一架，大家好一陣勸才算了事。

「我們快走吧！」尖尾燕說，「不然要被猛虎小隊搶先了。」

「他們還敢稱作猛虎小隊，我看叫病貓小隊還差不多。」啄木鳥說，「我們快走，堅決不能輸給病貓小隊。」

飛禽小隊根據 GPS 的導航路線出發了。可是，她們萬萬沒有想到，就是這個先進的導航系統不但沒有幫上忙，反而差點把她們引上了一條不歸路。

講武堂

定向越野

　　定向越野起源於瑞典，最初只是一項軍事體育活動。「定向」這兩個字在 1886 年首次使用，意思是：在地圖和指南針的幫助下，越過不被人所知的地帶。如今，定向越野是軍人，尤其是特種兵必須訓練的一個科目，也是國際特種兵大賽的規定比賽內容。簡單地說，定向越野就是通過一張地圖和一個指南針，從起點出發，必須經過規定的一些目標點，最終到達終點。這項運動現在已經流行到民間，定向越野俱樂部很受年輕人歡迎。

　　真正的定向越野比賽於 1895 年在瑞典斯德哥爾摩和挪威奧斯陸的軍營區舉行，標誌着定向越野作為一項體育比賽項目的誕生。

6

該走哪條路

猛虎小隊坐在顛簸的越野車裏，他們的屁股隨着汽車的節奏上下跳動着。

「我的屁股都快顛成八瓣了。」霹靂虎不停地抱怨着。

「那算甚麼，我的腸子都絞到一起了。」黑藍虎捂着肚子，看來真是疼起來了。

東北虎搖搖頭：「就你們這點忍耐力還想當特種兵，我看還是早點各回各家，各找各媽吧！」

霹靂虎和黑藍虎同時看着東北虎，恨不得把他扔到車外去。可是，他們看到東北虎像一尊佛像一樣紋絲不動地坐在椅子上，便發自內心地佩服了。

「東北虎，你練過甚麼功夫，在這麼顛簸的車裏，竟然能做到一動不動？」黑藍虎問道。

東北虎驕傲地説：「我練的功夫叫『千斤墜』。」

「『千斤墜』是甚麼功夫，能不能教教我？」黑藍虎倒是很虛心。

東北虎嘿嘿一笑説：「教是可以教，不過你要先長成我

這樣的體型才行。」

黑藍虎這才明白，原來東北虎是在戲弄自己。他根本不會甚麼「千斤墜」的武功，只不過是靠着身體比別人重，才會坐得如此穩如泰山。

越野車還是像上次停車那樣，來了個緊急剎車。不過，這次東北虎沒有坐穩，巨大的身軀壓到了黑藍虎的小身軀上。

「我快被你壓成肉餅了。」黑藍虎用力將東北虎推開。

東北虎又是嘿嘿一笑，這是他的典型表情。「你真是該增肥了，骨頭硌死我了。」

「增肥幹甚麼？像你這樣養肥了，還不是被宰了，拿到市場上賣。」

這句話可把東北虎給氣惱了：「你敢説我是豬？」

「這是你自己説的，我可沒説。」黑藍虎朝東北虎做了一個鬼臉，跳下了車。

張小福和關悦已經在等着他們。這次張小福二話沒説，直接把一張地圖和一個指南針扔到了地上。「想必你們

已經知道要到達哪裏了，剩下的事情就自己解決吧！」

「是！張教官，我們保證完成任務，而且絕不會輸給笨鳥小隊。」劍齒虎立正，給張小福敬了一個軍禮。

「笨鳥小隊？」關悦不愛聽這個名字，「你們説誰是笨鳥小隊？」

劍齒虎趕緊笑嘻嘻對關悦説：「報告關教官，我説錯了，應該是飛禽小隊。」

關悦不高興地看着張小福：「張教官，你該管管你的隊員了，別總讓他們胡説。」

「以後不許再把飛禽小隊叫成笨鳥小隊，記住沒有？」張小福嘴上訓斥猛虎小隊，可心裏卻在偷偷地樂。他想這幾個臭小子，跟自己當年差不多，總是能想出一些壞點子來。

張小福和關悦開着越野車一溜煙地走了。空蕩蕩的荒野中，只剩下了猛虎小隊這五個毛頭小子。

還別説，猛虎小隊在這方面真比飛禽小隊強。劍齒虎和華南虎曾經都是學校定向越野俱樂部的成員，而且華南

虎還代表學校參加過全市的比賽，獲得了第一名。

華南虎是個悶葫蘆，他一言不發，自己拿着手電筒在地圖上很快便找到了將軍山。

至於猛虎小隊現在所處的位置，也很好辨認。這是一個十字路口，而且前面不遠處有一座很高的山峰。

劍齒虎和華南虎一起在地圖上對照，沒幾分鐘就找到了這個路口。在將軍山和十字路口之間有好幾條路線可以選擇，大家的意見出現了分歧。

「我們應該走這條近路，可以節省時間，超過笨鳥小隊。」霹靂虎指着地圖說。

華南虎搖搖頭，他終於說話了：「我認為應該走這條遠路。因為近路是在山間穿過，看似距離短，但是上山和下山很消耗體力，而且說不定還會遇到意想不到的情況。」

「走近路！傻子才走遠路。」霹靂虎咄咄逼人地朝華南虎大喊。

別看華南虎平時不愛說話，但卻是個倔脾氣，他也朝霹靂虎喊：「就要走遠路，走近路是鼠目寸光。」

「你才鼠目寸光呢！」霹靂虎的暴脾氣又被點燃了，「我看你還是個膽小鬼，所以才不敢走山路。」

「走遠路！」

「走近路！」

這兩個傢伙你一言我一語，竟然抬起槓來了。

「你們都閉嘴！」劍齒虎大喊一聲。

霹靂虎和華南虎都瞪着眼睛看着劍齒虎，看他有甚麼好辦法。

劍齒虎其實也沒有甚麼好辦法，他也無法決定該走哪條路。他從口袋裏掏出一枚硬幣，說道：「今天我們就賭一把！」

「好，正面朝上走近路，反面朝上就走遠路。」黑藍虎贊同這個做法。

劍齒虎將硬幣輕輕地向空中一拋。硬幣落到了地上，可是卻不見了。大家拿着手電筒在地上分頭尋找。

霹靂虎偷偷地抬起腳，其實這枚硬幣早就被他踩在腳下了。他怕硬幣是反面，所以才耍了這樣一個小伎倆。

霹靂虎趁別人沒注意偷偷一看，硬幣果然是反面。他迅速地將硬幣翻過來，然後假裝繼續尋找。

「我找到硬幣了。」黑藍虎很快發現了這枚被動過的硬幣。

劍齒虎焦急地問：「是正面還是反面？」

「是正面！」黑藍虎答道。

霹靂虎假裝吃驚地說：「看來是天助我也！」

華南虎無奈地搖搖頭，只好和大家一起踏上了這條看似近、實際上卻陷阱重重的路。

這條路從地圖上看大約四十五公里，只比那條遠路近了五公里。可這兩條路從起點開始，便開始出現了分岔。

猛虎小隊沿着左邊的岔路向前行進。手電筒的光線在黑暗的荒野中晃動，能照射到幾百米遠的地方。

劍齒虎突然說：「我建議我們只留一個手電筒打開，其他的都關閉。」

「那是為甚麼？都開着不更亮嗎？」霹靂虎沒頭沒腦地說。

「都開着是亮，可是等電池都用完了，就得摸黑了。」劍齒虎帶頭關掉了手電筒。

「劍齒虎説得對！」黑藍虎也響應號召，關掉了手電筒。

最後，只剩下霹靂虎一個人的手電筒打開着。他大步流星地走在最前面，恨不得插上翅膀飛起來。

「啊——！」

突然，走在最前面的霹靂虎發出一聲撕心裂肺的慘叫，一屁股坐在了地上，手電筒也從手中飛了出去。

講武堂

特種兵判斷位置的方法

特種兵在野外執行任務，經常會深入深山老林等陌生地帶。那麼他們如何做到不迷路呢？下面介紹一種最簡單的方法：對照地圖確定法。當自己所處位置是在明顯地形點上時，只要從圖上找出該地形點——站立點即可確定。

當站立點位於明顯地形點附近時，可以利用位置關係來確定站立點。利用位置關係法確定站立點主要是依據兩個要素，一是站立點至明顯點的方向，二是站立點至明顯點的距離。當你站立於小河北岸、村舍正右方，左距公路 150 米遠處，依這一方位關係，在地圖上就能定出站立地點的位置了。

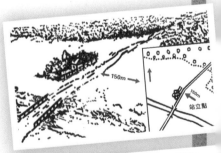

瘸腿的霹靂虎

「霹靂虎，你怎麼了？」緊跟在他後面的黑藍虎焦急地問。

「我，我的腳！」霹靂虎痛苦地説。

大家圍上去，打開手電筒照到霹靂虎的腳上。原來他的腳被一個大鐵夾子夾住了。

「這是甚麼東西？」從小在城市裏長大的黑藍虎哪裏見過這種玩意。

華南虎蹲在地上，一邊用力地掰開夾子，一邊説：「這是用來捕捉野兔的夾子。」

華南虎是在大山裏長大的孩子，從小就跟着爺爺到山裏去抓野兔。這種野兔夾子，他爺爺也用過。

「今天算你走運！」華南虎掰開了野兔夾子，看着霹靂虎的腳説。

「你這話甚麼意思？」霹靂虎生氣地説，「你也太幸災樂禍了吧！」

華南虎微微一笑：「我説你走運是因為夾到你的只是野兔夾子，腳不會有大傷。如果被野豬夾子夾到，你可就生

活不能自理了！」

「被野豬夾子夾到到底會怎樣？」霹靂虎緊張地問。

華南虎的嘴角一歪：「被野豬夾子夾到，你的這隻腳就報廢了。」

在一旁的黑藍虎被嚇得倒吸了一口冷氣，不由得躲到了其他人的身後，他再也不想走在前面了。

霹靂虎脫掉鞋子，腳面上被夾子夾出了一道紅紅的血印，而且眼看着腫了起來。幸虧猛虎小隊穿的是作戰靴，將夾子的力量擋住了許多，不然腳上的傷就更嚴重了。

霹靂虎咬着牙站起來説：「我們走吧，不能因為我一個人耽誤了大家的時間。」

可是，當霹靂虎站起來邁出了第一步以後，他才感覺到那隻受傷的腳不能再用力了。

看着霹靂虎齜牙咧嘴的表情，東北虎一下子架起了他的胳膊。

「兄弟，謝謝你！」霹靂虎感激地説。

東北虎不以為然地回答：「謝甚麼？雖然我們才認識不

久，但我們是一個小隊的戰友，大家就要像親兄弟一樣團結才行。」

這句話說得大家心裏暖洋洋的，頓時找到了集體的歸屬感。

身強體壯的東北虎架着霹靂虎絲毫不費力氣，但是猛虎小隊卻再也不敢走快了。因為這裏既然有一個野兔夾子，就可能有更多的夾子，他們可不想都變成瘸子。

劍齒虎打着手電筒，小心翼翼地走在最前面，其他人呈一路隊形跟在後面。黑藍虎的膽子最小，他走在隊伍的最後面，心裏還一直七上八下的，生怕自己的腳也被夾住了。

山野中的一陣微風吹來，讓猛虎小隊的隊員們感到了無比的涼爽。現在正是一年中溫度最高的季節，雖然是在夜裏，隊員們出的汗也都把衣服濕透了。

他們每個人都穿着一身叢林迷彩，頭戴一頂迷彩帽，身後還背着一個大背包。在這個大背包裏裝有一個睡袋，一個單兵帳篷，還有用來更換的內衣和生活用品。

由於他們是剛剛進入特種兵學校的學員，所以槍支沒

有隨身攜帶，而是放在越野車上拉走了。即使這樣，這些少年們也足足背了十多公斤的東西。

劍齒虎蹚着沒過膝蓋的雜草，一步步地向前走着。在沒有進入特種兵學校之前，他曾經以為自己是個天不怕地不怕的男子漢，可是現在他才知道自己也有害怕的時候。

「你們説這荒郊野外的，會不會有毒蛇呀？」走在最後面的黑藍虎突然問道。

劍齒虎一聽到毒蛇兩個字，不由得顫抖了一下。他最怕蛇了，這是與生俱來的。雖然生活在城市裏，很少看到蛇，但是每當在動物園或者電視畫面中，只要一看到吐着舌的蛇，他就會渾身起滿雞皮疙瘩。

「有毒蛇也不用怕！」霹靂虎滿不在乎地説，「只要我一出手，多可怕的毒蛇都會死翹翹。」

「拜託，你都變成瘸腿了，就別再吹牛了。」劍齒虎回過頭對霹靂虎説。

霹靂虎一本正經地説：「我沒吹牛，不信一會兒遇到毒蛇，我表演一下給你們看看。」

華南虎沒有説話，他看到一棵枯死的小樹，將其折斷。然後主動走到了最前面，對劍齒虎説：「還是讓我來帶隊吧！」

劍齒虎總算找到了救命稻草，對華南虎説：「你小心點！」

華南虎微笑着朝劍齒虎點點頭説：「你放心，我有對付毒蛇的辦法。」

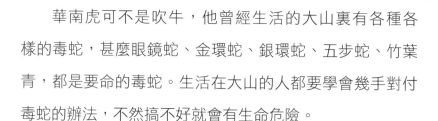

華南虎可不是吹牛，他曾經生活的大山裏有各種各樣的毒蛇，甚麼眼鏡蛇、金環蛇、銀環蛇、五步蛇、竹葉青，都是要命的毒蛇。生活在大山的人都要學會幾手對付毒蛇的辦法，不然搞不好就會有生命危險。

華南虎手裏拿的這根木棍就是對付毒蛇的工具。只見他走路的時候，先把木棍伸出去在前面的草叢裏打來打去。這就叫打草驚蛇，目的是把蛇給嚇跑。

大多數蛇的視力都很差，是超級近視眼，所以牠們基本看不到東西。那麼蛇是如何發現獵物的呢？是靠牠靈敏的感知能力。蛇嘴裏吐出的舌頭，便是用來探測目標的。當牠不停地向外吐舌頭的時候，也是在預示着牠要發起攻擊了。

「嘩啦嘩啦——」

木棍打動草叢發出的聲音在寧靜的野外傳出了老遠。猛虎小隊在華南虎的帶領下，一刻不敢停歇地向着目的地前進，為的就是能夠趕在飛禽小隊之前到達將軍山。

汗水已經快流乾了，身上冒出了餿臭味。黑藍虎是個愛乾淨的少年，他從來沒有這麼髒過。

東北虎倒是不以為然，他風趣地説只有多出汗，才能變成男子漢。

眼看着天色開始慢慢地放亮了，黑藍虎實在走不動了，他一屁股坐在地上，建議道：「我們歇一下吧！」

「我這個瘸腿的還沒説累呢，你倒先拖後腿了。」霹靂虎回過頭不滿地説。

「你是不累，你整個都是被東北虎架起來走的。」黑藍虎擰開水壺蓋，咕咚咕咚地喝了幾口接着説，「你問問東北虎累不累？」

東北虎憨厚地説：「確實挺累的，要不我們休息幾分鐘吧？」

大家坐在地上，用袖子擦着額頭上的汗。其實，袖子早就濕得可以擰出水來了，額頭反而愈擦愈濕。

劍齒虎抬頭望着月亮，説道：「不知道飛禽小隊走到哪裏了？」

「你放心，笨鳥小隊絕對超不過我們。」霹靂虎一臉蔑視的表情，「就那些女生，除了自誇，就是互相排擠，説不

定現在已經打成一團了。」

　　霹靂虎雖然是口無遮攔地亂説，但是現在飛禽小隊那邊的情況還真是不容樂觀。

講武堂

野外訓練要注意甚麼

　　特種兵經常在野外進行生存訓練，也會面臨一些意想不到的危險。那麼在野外訓練都應該注意甚麼呢？下面我簡單地介紹一些，說不定對你的野外郊遊會有幫助呢！

　　野外是野生動物生活的地方，很多野生動物都是有攻擊性的，比如野豬、狼，還有毒蛇等等。還有一些昆蟲是有毒的，比如毒蜘蛛、毒蚊子、毒螞蟻等等。防止野獸和毒蟲攻擊的方法有很多，比如野獸一般都對火有恐懼感，可以在宿營地點燃篝火，用來驅逐野獸。對付毒蛇和毒蟲的辦法也很簡單，除了往身上塗抹防蚊蟲的藥液之外，我們還可以將石灰粉和樟腦丸撒在宿營地的周圍。當毒蟲或毒蛇爬到這條「警戒線」的時候，牠們往往就會繞開了。

　　除了這些危險之外，我們還要預防人類設置的捕捉獵物的陷阱。

8

沒水喝的百靈鳥

飛禽小隊用手機的 GPS 導航功能，引導着她們向將軍山前進。不知不覺間，天已經亮了。這一晚上，她們和猛虎小隊一樣把腳底都走出水泡來了。

「姐妹們，我們應該休息一下，吃個早餐了。」啄木鳥還是那樣活躍。

這句話讓大家一下子放鬆了下來，紛紛坐在了地上。梅花雀擰開水壺蓋子，開始喝水。這一晚，流的汗都可以接滿一水壺了。

大家都開始拿出野戰乾糧，一邊吃，一邊喝水。唯獨百靈鳥嘴唇發乾，坐在一旁一動不動。

「百靈鳥你怎麼不吃東西呢？」多嘴的啄木鳥問道，「一會兒還要趕路呢，不吃東西可沒力氣。」

百靈鳥咽了一口唾沫：「我不吃，吃了東西會更渴。」

「渴就喝水！」說着啄木鳥仰起脖子，大口地喝了起來。

百靈鳥看着啄木鳥暢快淋漓地喝水，喉嚨像着了火一

樣難受。她把頭低下，一句話也不説了。

突然，百靈鳥感覺到有人在碰她，抬起頭來一看，原來是綠頭鴨。

坐在旁邊的綠頭鴨悄悄地把水壺遞給百靈鳥，小聲地説：「喝我的，有好多呢！」

百靈鳥實在忍不住了，她接過綠頭鴨的水壺，仰起脖子就喝。這一幕被尖尾燕看到了，不過她並沒有説話，而是捅了捅旁邊的梅花雀。

梅花雀不知道尖尾燕是甚麼意思，問：「你捅我幹嗎？」

尖尾燕貼到梅花雀的耳邊説：「百靈鳥的水壺裏好像沒有水，她在喝綠頭鴨的水。」

梅花雀的眼睛一亮，臉上露出了壞笑：「百靈鳥，你可夠狡猾的。」

百靈鳥生氣地看着梅花雀，回答説：「你這話是甚麼意思？」

梅花雀慢慢地逼近百靈鳥：「你別裝糊塗了。」

百靈鳥「噌」地站了起來，憤怒地說：「你想吵架是不是？」

梅花雀反而不緊不慢，柔聲細語地說：「既然你自己不坦白，我可就說了。」

大家都看着梅花雀，不知道她到底要說甚麼。而百靈鳥的心裏則開始發虛，她在想梅花雀是不是已經知道了自己的秘密。

梅花雀背着手，邁着方步說：「你怕走路的時候身上背的東西太重，所以在路上把自己水壺裏的水偷偷地倒掉了，是不是？」

百靈鳥倒退了一步說：「不——是！」

梅花雀一把抓住百靈鳥的水壺，用力地晃了晃：「你還敢撒謊？」

百靈鳥的臉瞬間變得通紅，指着梅花雀的鼻子說：「你，你，你別欺人太甚。」

「是我欺人太甚，還是你自作聰明？」梅花雀反問道，「你怕自己的東西重把水倒掉，然後再喝別人的水，這個小

算盤打得不錯呀！」

　　「不是這樣的。」百靈鳥焦急地辯解，「我沒想到會走路，在出發之前就把水倒掉了。」

　　「甚麼？」啄木鳥驚訝地看着百靈鳥，「在緊急集合的時候，你就把水倒掉了？」

　　百靈鳥點點頭，回答道：「我沒想佔你們的便宜，喝你們的水。」

綠頭鴨連忙說：「我們都是戰友，我相信你。再說了，我們就應該互相幫助，喝我的水不是應該的嘛？」

「這麼說，你已經渴了整整一個晚上？」梅花雀也吃驚地問。

百靈鳥又是點點頭說：「我不好意思跟你們借水喝，那樣太丟人了。」

「你怎麼不早說呢？」梅花雀朝百靈鳥的身上就是一拳，「早知道是這樣，我也不會跟你計較了。」

說着，梅花雀奪過百靈鳥的水壺，擰開蓋子，把自己的水就往裏面倒。

這兩個人雖然一路上針鋒相對，但她們也都是心胸坦蕩的人。話說明白了，自然也就不計前嫌了。

「你就是太好面子了，以後有困難就直接說，我們可是一個小隊。」梅花雀把水倒給百靈鳥一半，將水壺遞回到百靈鳥的手裏。

「謝謝！」百靈鳥接過水壺，「以前是我不好，總挖苦你。」

梅花雀嘿嘿一笑說：「我就是長得黑嘛！以後大家隨便說，我不生氣。」

看到梅花雀和百靈鳥言歸於好，大家別提多高興了。從此，飛禽小隊變成了一個團結的小隊。不過，高興的事情往往結束很快，而倒霉的事情則會接踵而來。

當飛禽小隊吃完早餐，準備繼續上路的時候，梅花雀才發現她的手機已經沒電了。

「這可怎麼辦？」梅花雀抓耳撓腮地說，「手機沒電了，沒法再導航了。」

大家一下子都懵了，沒有了手機導航，她們就變成了睜眼瞎，根本不知道現在是哪裏，也不知道該往哪裏走。

「地圖，快把地圖拿出來，我們一起研究一下。」啄木鳥嚷嚷着。

梅花雀攤開雙手：「我以為地圖沒用了，所以早就扔了。」

「甚麼？你把地圖扔了？」啄木鳥沮喪地說。

「地圖在這裏。」正當大家絕望之際，綠頭鴨打開單肩

袋，從裏面掏出了一張地圖。

「哇！你是變魔術的吧？」尖尾燕驚訝地說，「明明已經丟掉的地圖，竟然奇跡般地出現了。」

綠頭鴨撓着頭說：「呵呵，我哪裏會變魔術。只不過覺得地圖可能還有用，就把它悄悄地撿起來，放到了單肩袋裏而已。」

「真有你的。」梅花雀摟住綠頭鴨的肩膀，「你可是我們的大救星。」

綠頭鴨被梅花雀弄得還挺不好意思，這還是她來到特種兵學校後第一次找到成就感。

「有地圖也沒用。」啄木鳥噘着嘴說，「我們誰也不會用地圖。」

這句話把大家剛剛激動起來的心情，又潑上了一盆無情的冷水。梅花雀瞪着啄木鳥說：「我看你不應該叫啄木鳥，應該叫烏鴉嘴。」

「我會用地圖。」

這又是驚喜，而且是大驚喜。說話的人是綠頭鴨！誰

也沒有想到其貌不揚、性格內向、慢性子的綠頭鴨竟然會用地圖。

「我媽説：笨鳥先飛早入林。所以，在兩年前我就開始自學使用地圖尋找道路了。」綠頭鴨見大家都驚訝地盯着自己，便解釋道。

「你媽説得對呀！」尖尾燕誇張地説，「我媽怎麼不早點告訴我這句話呢？」

大家被逗得一陣大笑，差點把正事給忘了。綠頭鴨把地圖鋪在地上，開始尋找到達將軍山的路線。

講武堂

野外行軍選對鞋

　　野外徒步行軍靠的就是雙腳，所以選擇一雙合適的鞋子非常重要。

1. 大小要適當。一雙大小合適的鞋子，應該是在墊好一雙鞋墊後，將腳放進去，還有略微的活動餘地。

2. 選擇一雙舊鞋。舊鞋的好處在於它已經與你的腳長期磨合，穿起來非常舒適。而新鞋還未經過磨合，行走一段路以後才發現新鞋會磨腳，那就晚了。

3. 選擇一雙有彈性的鞋。這將極大緩解腳落地時的衝擊力，緩解長途行走的疲勞。

4. 選擇一副舒適的鞋墊。長途行走，腳會出汗，會使腳掌變得濕滑，而一雙棉質的鞋墊可以吸汗，防止打滑。

5. 選擇一雙棉襪。襪子一定要選擇棉襪，決不能選擇人造纖維類的襪子，否則出汗後會很滑，這也是腳底磨出水泡的一個重要原因。

9

亂扔東西的直升機

飛禽小隊還在拿着地圖研究路線的時候，猛虎小隊已經來到了一座山腳下。只要選擇近路，就必須翻過這座山。

「兄弟們加把勁，翻過這座山，我們就走過一半的路程了。」劍齒虎看着地圖說。

霹靂虎喊道：「我們就把這座山當作是敵人佔領的一個山頭，我們要不惜一切代價把它拿下來。」

黑藍虎看着霹靂虎揮着拳頭、喊口號的樣子，開玩笑地說：「你戰爭片看多了吧？」

「嘻嘻！」霹靂虎一笑，「是沒少看，我每天都在夢想着成為戰鬥英雄。」

劍齒虎搖搖頭說：「唉！看來電視劇和遊戲一樣，真是害人不淺呀！」

猛虎小隊開始爬山了。這座山雖然不高，但是並沒有路，他們只能在遍佈荊棘的灌木叢中穿行。

華南虎依舊拿着木棍在前面打草驚蛇，幸運的是到目前為止，他們還沒有看到一條蛇。

太陽跳躍式地升起，一下子就照到了山坡上。猛虎小隊的隊員們頭頂着烈日，奮力向山頂爬去，沒有一個人有怨言。

劍齒虎主動接替了東北虎，負責架着霹靂虎向上攀行。兩個人合作得很默契，竟然做到了步調一致。

正當猛虎小隊即將爬到山頂的時候，突然頭頂傳來了一陣轟鳴聲。抬頭看去，只見一架直升機朝這邊飛來。

「哇塞！還是一架武裝直升機呢！」

黑藍虎仰着頭，用手遮在額頭，看着這架愈飛愈近的直升機。

奇怪，這架武裝直升機好像就是朝着猛虎小隊飛來的，而且愈飛愈低，眼看就要飛到他們的頭頂了。

直升機的螺旋槳快速轉動，產生強大的旋風，山頂上的草木被吹得東倒西歪。猛虎小隊也被吹得站立不穩。

「快趴下！」劍齒虎大聲喊道。

猛虎小隊的隊員們紛紛趴在了山坡上。霹靂虎氣憤地大喊：「這是哪裏來的直升機？我要是有一支步槍，肯定把

它打下來。」

這架武裝直升機真的很奇怪，它在猛虎小隊的頭頂盤旋了幾分鐘，然後從上面扔下來一包東西便飛走了。

看着直升機飛走，大家才站起來。別看霹靂虎瘸着腿，但是比誰都積極，他喊道：「快打開那個包，看看裏面是甚麼。」

東北虎距離那個包最近，他已經來到了跟前。「真是奇怪，直升機為甚麼會扔一個包給我們呢？」他一邊說着，一邊準備打開包。

「別打開！」

突然，劍齒虎一聲大喊。

大家都歪着頭盯着劍齒虎，不知道他為甚麼要阻止東北虎。

「難道你們不覺得這太奇怪了嗎？」劍齒虎說，「說不定是一個炸彈。」

「炸彈？」

東北虎一聽這兩個字，趕緊把手縮了回來，嚇得倒退了幾步。

大家就這樣靜靜地看着這個包，足足有五分鐘，誰也不敢上前了。

「嘿嘿！你們也太多心了。」還是霹靂虎打破了沉默，「我猜這裏面一定是甚麼重要的情報。」

劍齒虎認為這句話好像說得很有道理，因為他剛才發

現那架直升機上坐着兩個人，其中一個人很像他們的教官張小福。

「這個包裹還真説不定是張教官扔給我們的重要情報，也許他要讓我們改變行軍路線，到另一個地方去。」劍齒虎分析道。

東北虎又來了精神，説：「既然是這樣，那我就打開了。」

「等等！」劍齒虎又喊了一聲。

「又怎麼了？總是一驚一乍的。」東北虎又被嚇出了一身冷汗。

「我們還是小心為妙。」劍齒虎説，「你們都退到十米以外，我負責打開這個包。」

大家按照劍齒虎的吩咐向遠處散去。劍齒虎也沒有急於上前打開這個包，而是撿起一塊石頭，藏在幾米遠的一塊大石頭背後。

「劍齒虎，你要是膽小就讓我來。」東北虎在遠處喊道。

劍齒虎舉起手中的石頭，喊道：「這叫投石問路，你學

一下。」

　　説着，劍齒虎將石頭拋向那個包。石頭正好砸在包上，沒有任何反應。劍齒虎想，如果包裏有炸彈，用石頭一砸肯定會爆炸。既然包沒有爆炸，説明裏面裝的不是炸彈。

　　不過，劍齒虎做事一向小心，他又接連投了幾塊石頭。那個包被石頭幾番「轟炸」，仍然沒有任何異常。

　　這次，劍齒虎放心了。他大搖大擺地走到了包跟前，蹲下身子，開始拆包。

　　包的最外層是一個紙盒，打開紙盒，裏面放着一個黑色的塑膠袋。劍齒虎看不到塑膠袋裏面的東西，他心裏有些害怕。

　　「這裏面不會是一條毒蛇，或者其他可怕的東西吧？」劍齒虎自言自語，雙手微微顫抖，去打開這個塑膠袋。

　　當他的手碰到塑膠袋的時候，似乎感覺到裏面有甚麼東西在動，這讓他更加緊張了。

　　「是福不是禍，是禍躲不過。」劍齒虎一咬牙，猛地將

袋子打開了。

當袋子被打開之後，藏在遠處的戰友看到劍齒虎臉上的表情發生了戲劇性的變化。剛才還是小心翼翼的劍齒虎，此時卻是一臉驚喜。

「裏面到底裝的是甚麼？」霹靂虎着急地大喊。

劍齒虎朝大家笑着說：「你們自己過來看吧！」

隊員們呼啦一下子朝劍齒虎跑來，唯獨那個瘸腿的霹靂虎一跳一跳地被落在了後面。

第一個跑到劍齒虎身邊的是東北虎，他一眼便看到了袋子裏裝的東西，興奮地大喊：「這可是天上掉餡餅呀！」

其他人更加好奇了，爭搶着圍過來看。最後跳過來的瘸腿霹靂虎，在人羣中擠進一個腦袋。他定睛一看，可不，這真的是天上掉餡餅的好事。

原來，在這個從直升機上扔下來的包裹，裝的是一大袋野戰食品。

「這可都是我愛吃的呀！」東北虎拿起一盒午餐牛肉，流着口水說，「蒼天呀！大地呀！是哪位天使姐姐這麼了解

我的口味呀？」

東北虎的饞蟲被勾引出來了，他立刻動手要把罐頭打開。

「等等！」劍齒虎一把攔住了東北虎。

東北虎眨着眼看着劍齒虎，不解地問：「你又怎麼了，有吃的都不讓吃？」

「難道你們不覺得這太離奇了嗎？」劍齒虎問道，「有誰會平白無故地給我們空投一袋食品呢？這其中必有蹊蹺！」

大家你看看我，我看看你，紛紛點頭。說不定，這不是天上掉下來的「餡餅」，而是天上掉下來的「陷阱」。

講武堂

山路行軍的技巧

　　山路凹凸不平，甚至根本沒有路。那麼有哪些山路行軍技巧呢？

1. 保持身體的重心。你的頭、腰和落地的腳要保持在一條重心線上，簡單地說，上山時身體要往前探；下山時身體要向後傾。

2. 一定要全腳掌着地。全腳掌觸地步伐穩健，不容易失去平衡。一些沒有經驗的登山者在山路行走時會出現小腿抽筋的現象，其中主要的原因就是沒有全腳掌着地。

3. 控制步伐和速度。山地行走不要貪圖速度，最佳的狀態是步伐適度，不會出現喘氣的現象，切忌衝鋒式的攀爬方式。

4. 外八字上坡。當上坡時，雙
   腳的腳尖要向外打開。這是
   因為直接將整個腳踩在上斜坡時，腳尖處於比腳
   後跟還高的位置，穩定性很差。相反，如果對着
   斜面打開腳尖，把腳朝橫向踩，腳尖與腳踝變成
   幾乎同一個高度，這樣便增加了平衡性。

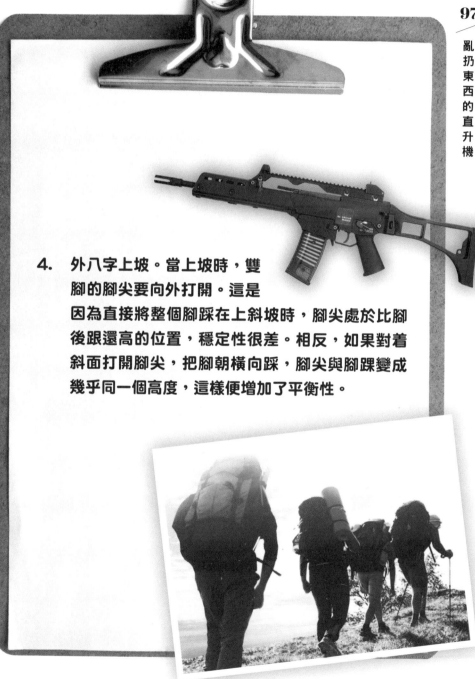

此時此刻，飛禽小隊的手裏也正拿着同樣燙手的「山芋」。她們同樣收到了一個從直升機上空投下來的盒子，裏面裝的東西和猛虎小隊的一模一樣。

饞嘴的啄木鳥剛要拿起來吃，就被梅花雀制止了：「也許這些食品有毒，你不怕死就吃。」

啄木鳥將手縮了回來說：「我怕死！」

「那這些食物怎麼辦？莫非就扔在這裏？」尖尾燕問道。

百靈鳥分析説：「這些食物肯定是特種兵學校的教官從直升機上空投下來的。他們之所以這樣做有兩種可能，第一種是怕我們的食物不夠，給我們補充一些；第二種是故意考驗我們的警惕性，看我們會不會吃來路不明的東西。」

綠頭鴨點着頭稱讚道：「百靈鳥不僅人長得漂亮，頭腦也比我們靈活。」

百靈鳥心裏高興，朝綠頭鴨投去欣賞的目光，得意地說：「還是你慧眼識英雄。」

「得了，還是少說廢話，這些食物到底怎麼辦呢？」梅花雀不耐煩地問。

尖尾燕建議道：「我看我們的食物也不多了，不如把這些食物先帶着，萬一在到達將軍山之前已經彈盡糧絕了，再考慮吃這些食物。」

「就這麼辦！」梅花雀儼然一個指揮官在發號施令。

可奇怪的是，其他人也自然而然地接受了她的領導，似乎成了梅花雀的手下。可能有些人天生就有做指揮官的氣質，那種由內而外散發出來的氣場能夠震住別人。

綠頭鴨任勞任怨，主動將這些食物背在了自己肩上。在一個團隊中總會出現一個像《西遊記》中的沙和尚那樣的人物，從來不計較個人的得失。在飛禽小隊中，綠頭鴨就是這樣的人。

飛禽小隊繼續向將軍山進發，前面傳來了嘩啦啦的流水聲。聽到流水的聲音，大家都很興奮。因為，從昨晚到現在已經走了將近二十個小時，身上都已經餿透了。

正午的太陽烤得她們直往外冒油，如果再撒上一些鹽和孜然粉，都可以直接當烤肉串吃了。

「我要在河裏好好地洗一個澡。」百靈鳥摘掉迷彩帽，用力地扇着風。

「現在的河流差不多都被污染了，我看你還是死了這條心吧！」啄木鳥潑來了一盆冷水。

百靈鳥遺憾地搖着頭説：「是呀！我可不想讓污染的水傷害了我天生麗質的皮膚。」

説話間，飛禽小隊已經走到了河邊。這是一條約五十米寬的河，由於正趕上雨季，河水流得很急。

綠頭鴨看了看地圖説：「這條河叫亮馬河，只要蹚過這條河，我們就離將軍山不遠了。」

「那還等甚麼，快過河呀！」啄木鳥挽起褲腿就要下水。

「等等！」梅花雀攔住了啄木鳥。

「又怎麼了？」啄木鳥噘着嘴，「你變得愈來愈婆婆媽媽了。」

梅花雀説：「我們應該找一個河面寬的位置過河。」

啄木鳥摸了摸梅花雀的頭，問道：「你沒發燒吧？寬的

地方要多走路。」

「我腦子清醒得很。」梅花雀推開啄木鳥的手,「河流窄的地方水流湍急,河底會被沖擊出深坑,一不小心就會踩進去,到時候就沒得救了。」

「有道理!有道理!」啄木鳥信服地連連點頭,「這些你是怎麼知道的?」

梅花雀仰起頭，驕傲地説：「作為一個軍事迷，未來的特種兵，我博覽羣書，自學了大量的野外求生知識。」

「稱讚你，你就飄飄然了。」啄木鳥轉身去尋找河面更寬的位置去了。

很快，飛禽小隊選擇在一處河面最寬，水流最緩的位置涉水通過。

「等等！」

啄木鳥剛要下水，這次又被百靈鳥攔住了。

「今天你們都是怎麼了？全心和我過不去是不是？」啄木鳥氣哼哼地質問道。

百靈鳥嘻嘻一笑説：「不能這樣盲目過河，否則會很危險的。」

「那你説該怎麼過才不危險？」啄木鳥不耐煩地問。

百靈鳥説：「我們要找一根長長的木棍，一邊走一邊探路，這樣才安全。」

啄木鳥點點頭：「真沒想到，你們突然都變成野外生存的專家了，看來我要對你們另眼相看了。」

百靈鳥揚揚自得地説：「沒有甚麼過人之處，能進入特種兵學校嗎？」

大家分頭去尋找長木棍。尖尾燕從岸邊的樹上折斷了一根和自己身高差不多的樹枝，對大家説：「我個子最高，我走在最前面，只要我能通過，大家肯定也能過去。」

就這樣，尖尾燕打頭，其他人跟在後面小心翼翼地向河裏走去。開始的時候河水只是沒過腳踝，很快便沒過了膝蓋，到河中央的時候已經沒到了尖尾燕的腰部。

啄木鳥的個子比尖尾燕矮了一頭，所以河水已經沒到了她的胸口。這讓啄木鳥有些害怕了，她緊緊地抓住梅花雀的衣服。

梅花雀回過頭説：「你不會游泳呀？」

啄木鳥點點頭：「我是個旱鴨子。」

「不要怕！」梅花雀自信地説，「我的水性超好，保你平安。」

啄木鳥像吃了一顆定心丸，拉着梅花雀衣服的手抓得更緊了。

河中央的水流最急，沖得大家身體直晃。梅花雀喊道：「我們手拉着手，這樣才能站穩。」

於是，大家手拉着手連成了一串，這樣變得穩定多了。眼看就要走過水流最急的地段了，突然啄木鳥大叫了一聲：「我的鞋！」

大家還沒弄清怎麼回事，就見啄木鳥彎下腰將身體縮進了水裏。

「啄木鳥，你要做甚麼？這樣太危險了！」百靈鳥大喊着。

可是太晚了，啄木鳥的身體已經從水面上消失了。緊挨着啄木鳥的梅花雀可嚇壞了，她甩開背包，一頭就扎進了水裏。

在湍流的河水中視線模糊，梅花雀沒有看到啄木鳥的身影。她的雙手在水下一陣亂抓，甚麼也沒有抓到。

此時，梅花雀有一種不祥的預感：啄木鳥已經被河水沖走了。

「救命！救命！」

　　果然是這樣，啄木鳥已經被沖出了十幾米遠，身體在河裏一上一下，拚命地掙扎着。

　　綠頭鴨見狀也丟掉了身後的背包，和梅花雀一起揮開雙臂，奮力地向啄木鳥游去。其餘的人都不會游泳，所以她們只能眼巴巴地看着了。

　　綠頭鴨和梅花雀能成功地救回被河水沖走的啄木鳥嗎？這還是個未知數。

講武堂

徒步涉水的技巧

在野外行軍，經常會遇到河流和沼澤，這種地形常常充滿了危險，那麼該如何通過這些地方呢？

1. 選擇水流平緩的地段。河面較寬的地方水流較緩，水位也較淺。河面較窄的地方河水流速快，河底被沖擊得較深，若不小心踩進深坑，非常危險。

2. 用一根木棍試探通過。過河時，可以找一根長杆拿在手中，長杆的高度應該不低於自己的身高。它既可以用來幫助自己保持平衡以免被水沖倒，又可以用來探測水的深淺。

3. 穿鞋或者不穿鞋。過河穿不穿鞋也是有講究的，這跟河底的性質有很大關係。如果河底為石頭或者硬質，應該穿鞋通過。這是因為石頭較硬，而且會比較滑，如果光腳的話容易受傷或者滑倒。

如果河底為較軟的泥質，那麼最好把鞋子脫掉。因為軟泥會讓你的鞋子陷進去，而又難以拔出來，鞋子很容易脫落在河底。

山腳下的鬼屋

梅花雀和綠頭鴨游到了啄木鳥身邊，兩個人分別抓住了她的胳膊。

已經受到驚嚇的啄木鳥用力地掙扎，弄得梅花雀和綠頭鴨差點也被大水沖走。

「你別再使勁撲騰了，要不然我們三個都別想活命。」梅花雀扯着嗓子大喊。

啄木鳥就是不聽話，還在一個勁地折騰。梅花雀生氣了，對綠頭鴨説：「我們先把她弄暈，然後才能拖到岸上去。」

綠頭鴨點點頭，看來只能出此下策了。梅花雀和綠頭鴨抓住啄木鳥的腦袋往水裏一按，這個倒霉蛋咕咚咕咚地喝了一肚子河水。果然，沒有多大一會兒她就老實多了。

然後，梅花雀和綠頭鴨拖着啄木鳥向岸邊游去。尖尾燕和百靈鳥已經到達了對岸，她們正在焦急地看着河面上發生的事情。

快到達河邊的時候，尖尾燕和百靈鳥也過來幫忙，很快就把啄木鳥拽到了岸上。

河面上還飄着梅花雀和綠頭鴨剛才救人時扔掉的背包，兩個人又返回河裏將背包拖上來。這裏面裝着她們幾乎所有的物資，可千萬不能丟。

梅花雀和綠頭鴨都累壞了，兩個人往岸上一躺，呼哧呼哧地喘着氣。

「你說你沒事往水底下鑽幹甚麼？」百靈鳥質問啄木鳥。

啄木鳥迷迷糊糊地睜開眼，嘴裏還在不停地說：「鞋，鞋……」

大家一看，這才發現啄木鳥的腳上少了一隻鞋。

「你的鞋跑哪去了？」尖尾燕不解地問。

啄木鳥坐了起來，一陣噁心，吐出了好幾口河水才說出話來：「我的鞋陷進河牀了。」

大家這才明白，啄木鳥鑽到水下是想去撈她那隻鞋，結果沒想到一下子就被水沖走了。

「唉！我怎麼把這事給忘了。」梅花雀突然坐了起來，「過河的時候，如果河底是泥，最好要脫掉鞋子，不然很容

易陷進去的。」

啄木鳥喃喃地說：「下次就是鞋子丟了，我也不去撈了。」

說着，她打開背包從裏面拿出了一雙備用的迷彩鞋，穿在了腳上。

「我們快走吧！」已經恢復了體力的梅花雀說，「別讓猛虎小隊搶在前面了。」

百靈鳥「噌」地站起來:「對,我們絕不能輸給病貓小隊。」

飛禽小隊又充滿了鬥志,齊心協力向將軍山進發了。

過了亮馬河,距離將軍山就沒有多遠了。這天的能見度不錯,向遠處望去,一座高高的山峰若隱若現。

「那座山應該就是將軍山了。」梅花雀指着遠處的山峰說。

看到了希望,飛禽小隊恨不得真的長出翅膀飛起來。除了想戰勝猛虎小隊,她們更想快點到達目的地,好好地吃上一頓,然後再美美地睡上一大覺。

在這種動力的驅使下,飛禽小隊的速度提高很多。當她們出現在將軍山的腳下時,並沒有看到猛虎小隊的身影。

百靈鳥興奮地說:「看來病貓小隊已經輸給我們了。」她實在是太高興了,竟然忘情地唱起歌來。

「你別高興得太早了。」啄木鳥左顧右盼,「猛虎小隊在不在這兒沒關係,可是關教官和張教官呢?」

這句話提醒了大家。這裏既然是將軍山,那麼按照預先的約定,關教官和張教官就應該在這裏等她們。再說

了，既然這裏是特種兵學校的野外訓練場，那麼為甚麼看上去像是一片荒山，根本看不到訓練設施呢？

一連串的疑問，讓飛禽小隊開始犯起了嘀咕。啄木鳥小聲地説：「我們是不是走錯地方了？」

綠頭鴨低頭看着地圖，再一次仔細對照之後，肯定地説：「我敢保證肯定沒有走錯，這裏就是將軍山。」

尖尾燕跳着腳向遠處看去，發現了兩間破舊的房子。她指着那裏説：「我們過去看看，説不定教官就在那裏等我們呢！」

走到房子的近前，梅花雀説：「這房子看上去就要塌了，裏面不可能有人。」

「既然來了，我們就進去看看。」尖尾燕帶頭走了進去。

由於天色已晚，屋裏的光線昏暗。飛禽小隊打開了手電筒。第一間屋裏只有一些亂七八糟的柴草，並沒有發現任何人。

尖尾燕邁過門檻，準備進入第二間屋子。她的一隻腳剛剛邁進去，後面的腳才離開地面，就聽到這間黑屋子裏有動靜。

「是誰？」

尖尾燕不由得毛孔收縮，渾身起滿了雞皮疙瘩。

屋裏靜悄悄的，沒有一點聲音了。跟在後面的梅花雀打趣地說：「你的膽子也太小了吧，自己都能把自己嚇死了。」

說着，梅花雀擠到了尖尾燕的前面，大踏步地邁進了這間黑暗的小屋。

這間小黑屋裏同樣是橫七豎八地堆滿了柴草，看來這是附近村莊的居民上山砍柴後，用來存儲柴火的地方。

梅花雀搖搖頭：「看來這裏沒有人，我們還是出去吧。」

不知道為甚麼，啄木鳥覺得這間小黑屋裏陰森森的，好像隱藏着甚麼不可告人的秘密。她的膽子最小，第一個轉身準備離開。

正當大家開始往外走的時候，小黑屋裏突然有了動靜。梅花雀警覺地用手電筒向周圍的柴草照去，一切正常。

百靈鳥說：「可能是屋裏有老鼠吧！」

「嗯！應該是老鼠。」啄木鳥恨不得馬上離開這個鬼

地方。

「嘩嘩嘩——」

這聲音又響起了，而且愈來愈大，好像不是老鼠這種小動物能發出來的聲響。

飛禽小隊個個被嚇得瑟瑟發抖，大家不約而同地向發出聲音的地方看去。

突然，一堆柴草被猛地掀起，裏面有幾個黑影蹦了出來。

「鬼呀！」

啄木鳥大叫一聲，拔腿就往外跑。她這一跑不要緊，其他人也被嚇得跟着往外跑。甚至有人在驚慌之中，把手電筒丟在了地上。

綠頭鴨還不小心踩到了百靈鳥的後腳跟，兩個人一同栽倒在地上。她們兩個更害怕了，回頭看去，從柴堆裏跳出來的黑影正在一步步地向她們逼近。

「救命呀！」

百靈鳥也顧不上自己的完美形象了，鬼哭狼嚎地大喊起來。

講武堂

如何選擇宿營地（一）

　　在野外訓練或者探險，肯定會露宿野外，選擇宿營地有很多講究，下面我們一起來看一看。

1.　靠近水源。野外宿營不僅是為了休息，還要可以做飯。因此，在選擇營地時應選擇靠近水源的寬闊地域。

2.　背離風向。野外露營時風會讓你更加寒冷。背風同時也是考慮用火安全，因為大風會使帳篷內的火源失控。

3.　冬天向陽，夏天背陰。在冬天或者寒冷的天氣，宿營地要儘可能選在日照時間較長的地方。而在夏天或悶熱的天氣裏，應當選擇在背陰的地方紮營。

12

將軍山的騙局

百靈鳥和綠頭鴨栽倒在地上，看到身後走過來的黑影，都嚇得魂不附體。

「啊哈哈！」

這時那幾個黑影發出了一陣陣的狂笑聲。百靈鳥覺得這笑聲似曾相識，她壯着膽子撿起地上的手電筒照過去。

這一照可把百靈鳥給惹火了，原來那幾個黑影不是別人，正是猛虎小隊那幾個毛頭小子。

「原來是你們這幾個壞蛋在這裏裝神弄鬼，看我怎麼收拾你們。」

說着，百靈鳥從地上爬起來就要衝過去跟猛虎小隊的隊員打上一架。

「女俠，請息怒！」劍齒虎趕緊求和，「請聽我解釋。」

「有甚麼好解釋的，你們就是徹頭徹尾的大騙子。竟然敢恐嚇本姑娘，非給你點顏色瞧瞧。」百靈鳥不依不饒，朝着劍齒虎就是一腳。

劍齒虎靈活地向後一跳，這腳落空了。百靈鳥還想繼續攻擊，卻被綠頭鴨拽住了。「我們還是聽他們說說到底是

怎麼回事吧。」

「好，那就給你們一個解釋的機會。」百靈鳥雙手叉腰，「解釋的理由要是不能讓本姑娘滿意，照樣饒不了你們。」

猛虎小隊和飛禽小隊都來到了屋外，劍齒虎開始講述事情的經過。

原來猛虎小隊只比飛禽小隊早到了半個小時，來到這裏之後他們也同樣充滿了困惑。在猛虎小隊的想像中，將軍山訓練場應該有完善的訓練設備，比如各種鍛煉器械，還有各種武器，最起碼要有一個射擊訓練場吧。

可是，這一切猛虎小隊都沒有看到，只看到了到處瘋長的荒草和漫山遍野的野花。他們當然沒有心情欣賞野外的美景，於是開始四處尋找。

最終，猛虎小隊發現了這兩間破房子，也以為張教官和關教官會在屋裏。結果，他們不但沒看到人影，就連鬼影也沒發現。

正當猛虎小隊不知所措的時候，黑藍虎發現了趕到這裏的飛禽小隊。於是，他們便商量着要嚇唬一下這幾個

女生。

別看黑藍虎年齡小，但是壞點子最多。他說：「我們藏在屋裏的柴草下，等飛禽小隊進來以後，突然跳起來，肯定會把她們嚇得連滾帶爬。」

大家嘿嘿一笑，覺得這個主意不錯，肯定很過癮。於是，猛虎小隊便鑽進了柴草堆裏。後來，就發生了這一系列可怕又可笑的事情。

聽完劍齒虎的講述，百靈鳥不但沒有消火，反而更生氣了。她一把揪住黑藍虎的耳朵：「真沒想到這些壞主意，都是你這個小傢伙想出來的，今天就讓我好好教訓你一頓。」

黑藍虎雖然是男生，但是年紀小，個子也小，再說女生發育得比男生早，所以他比百靈鳥足足矮了半頭，簡直就是被欺負的最佳人選。

「放開黑藍虎，這主意也有我的份。」

幸虧東北虎路見不平一聲吼，不過他並沒有出手。俗話說：好男不跟女鬥。作為有風度的男生，東北虎還是有這點氣量的。

「你別以為自己塊頭大，我們就不敢收拾你。」梅花雀迎面就湊到了東北虎的面前。

東北虎被梅花雀咄咄逼人的架勢嚇得倒退了一步，他趕緊說：「現在大家都是同坐一條船。我們應該同舟共濟，不能互相拆臺。」

「東北虎說得對，我們都是受騙者，這裏就是一個大騙局。」霹靂虎說道。

「大騙局？」

聽到這三個字百靈鳥鬆開了手，梅花雀也不再是一副誓不罷休的表情了。

黑藍虎輕輕地揉着自己的耳朵說：「拜託，你以後不要這麼殘忍，耳朵都快被拽下來了。」

「住嘴！」梅花雀瞪了黑藍虎一眼，然後又瞪着霹靂虎說，「快說，到底是怎麼回事？」

劍齒虎在一旁氣得直翻白眼，剛才他講述經過的時候故意把這個「騙局」的事情給隱瞞了，沒想到這麼快就被東北虎和霹靂虎這兩個不爭氣的傢伙給泄露出去了。

見事情已經瞞不住了，劍齒虎主動說：「那我就全告訴你們吧！」

原來，猛虎小隊在進入這兩間小破屋之後，並非甚麼都沒有發現。他們看到在地上有一桶水，旁邊還放着一張字條。

字條是這樣寫的：「恭喜你們順利到達了將軍山，不過也許你們會失望，因為這裏並不是一個訓練場，而只是一

片杳無人煙的荒山……」

看到這裏，當時霹靂虎就火了，他大喊着：「張教官是騙子！」

劍齒虎示意霹靂虎安靜，他們繼續往下看：「特種兵學校有一條校規，要想成為這裏的學員，必須要經過一週的野外生存考驗，能堅持下來的才能正式入學，不能堅持下來的自動淘汰。」

霹靂虎更火了，他大喊着：「當初入學的時候為甚麼不早把這條校規告訴我們？」

紙條的最後一段是：「我知道你們已經沒水了，所以準備了一桶水給你們，夠意思吧？祝你們好運！」

紙條的署名是：張教官、關教官。

聽到這裏，梅花雀的第一反應是她們要在這裏煎熬一個禮拜了。第二反應就是那桶水，剛才她們進入屋子的時候並沒有看到那桶水，這說明水已經被猛虎小隊私分了。

「快把那桶水交出來。」梅花雀氣勢洶洶地對猛虎小隊說。

啄木鳥跟着説：「就是，那桶水可是留給我們兩個小隊的，你們不能私吞。」

當時，猛虎小隊看完這張紙條以後，劍齒虎就説：「我們快把這桶水倒進水壺裏，要是等飛禽小隊趕來，可就分不到多少了。」

於是，猛虎小隊便將這桶水倒進了自己的水壺裏，然後將那個空桶藏在了柴堆下面。

現在，既然事情已經露餡了，猛虎小隊只好把水平分給飛禽小隊。劍齒虎一直厭惡地瞥着霹靂虎和東北虎，都是這兩個小子嘴上沒有裝拉鏈，把秘密給泄露了出去。

經過一路奔波，飛禽小隊的水壺早就空空如也了，她們爭着擰開蓋子，等着猛虎小隊將水倒進去。

霹靂虎不情願地擰開水壺蓋，自己先喝了一口。百靈鳥不耐煩地説：「你別想往肚子裏灌，快老老實實地分給我一半。」

霹靂虎一臉壞笑着説：「我不是想往肚子裏灌，是想讓你看看這壺水裏已經有我的口水了，如果你覺得噁心就別要了。」

「你這個陰險的傢伙，竟然用這麼卑鄙的手段。」百靈鳥的確覺得很噁心，不過她已經渴得快要脫水了，也顧不了那麼多了。「算你狠，本姑娘就忍你一回，快倒水！」

霹靂虎見此招無效，只好乖乖地將水慢慢地倒入了百靈鳥的水壺裏。

講武堂

如何選擇宿營地（二）

我們接着介紹選擇宿營地的其他條件：

4.　地面平整，視野開闊。宿營地的地面要平坦，不要存有樹根草根或尖石碎物，這樣會損壞裝備或刺傷人員。此外宿營地要視野開闊，不要搭建在陰溝或者狹窄的山谷裏，一來不便於觀察周圍的情況，二來一旦有險情發生也不容易逃生。

5.　遠離山崖。上面我們提到要選擇背風的地方，但絕不可因為背風而離山崖太近。大風天有可能將石頭等物颳落，造成傷亡事故。即使沒有大風，有些山坡已經風化，會有滾石下落。此外，雨天還容易引發泥石流，距離山崖太近也會有被泥石流襲擊的危險。

6. 遠離高崗，防止雷電襲擊。雷雨天在野外宿營要格外注意，如果有山洞的話要儘量住在山洞裏。絕不能在山頂、高崗、大樹下或空曠的地面上紮營，那樣很容易招致雷擊。

7. 避開蛇鼠。有鼠必有蛇，因為蛇主要是以老鼠為食的。我們在選擇宿營地的時候，要仔細觀察營地周圍是否有野獸的足跡、糞便和巢穴，不要建在多蛇多鼠地帶，以防被毒蛇咬傷，或被野獸襲擊。

狼狽的一夜

百靈鳥分到了霹靂虎水壺裏一半的水，她也顧不上霹靂虎的口水了，直接仰起脖子喝了起來。

「啊——！」

在一陣暢飲之後，百靈鳥滿足地長歎了一聲。飛禽小隊的其他人也都渴壞了，紛紛大口地喝起水來。

「你們最好省着點，這些水可是要堅持一個星期的。」劍齒虎看到飛禽小隊毫無節制地喝水，便好心地提醒道。

「車到山前必有路，船到橋頭自然直。」啄木鳥不以為然，「喝完了再說，肯定還能找到水。」

劍齒虎無奈地搖搖頭，小聲地對身邊的黑藍虎說：「這羣笨鳥真是無可救藥。」

黑藍虎點點頭說：「我們和她們在一起肯定會吃虧，搞不好吃的、喝的都會被這些女魔頭搶走。」

劍齒虎朝其他幾人偷偷地招了招手，猛虎小隊躲到了距離飛禽小隊十幾米遠的地方。

「我們把食物和水都藏好了，千萬別被這幾個小魔女給

偷走。」劍齒虎提醒道。

東北虎點點頭表示贊同：「我看她們剛才那架勢，好像比我還能吃能喝，是要小心些。」

猛虎小隊商量了一陣，做出了一個重要決定：雖然猛虎小隊和飛禽小隊都要在這裏生存一週，但是要做到井水不犯河水，誰也不能干擾誰的生活。

最終猛虎小隊推選霹靂虎去跟飛禽小隊談判。霹靂虎一瘸一拐地走到飛禽小隊跟前，還沒張嘴，就被啄木鳥先發制人，佔了上風。

「瘸腿虎，你來得正好，我現在代表飛禽小隊正式通知你，從下一秒開始我們井水不犯河水，看誰能堅持到最後。」

這下倒好，霹靂虎免得費口水了，直接說：「那就一言為定。」

天已經大黑了，猛虎小隊和飛禽小隊都必須考慮宿營的問題了。這兩個小隊都不願意住進那兩間破屋子裏，因為那兩間屋子的屋頂到處是窟窿，誰知道會不會塌掉呀！

於是，兩個小隊分頭尋找宿營地，準備搭建帳篷過夜。華南虎以前跟爺爺經常在山裏採草藥，如果回不去的時候就住在山裏，所以野外宿營的經驗很豐富。

「選擇宿營地有很多講究。」華南虎介紹說，「首先要背風，但不能在山腳下，因為會有落石和泥石流；其次，要離開河道，選擇開闊的地方；另外，還要注意觀察有沒有野獸的足跡，離開野獸的棲息地。」

「你懂得好多呀！」黑藍虎佩服地說。

大家聽從華南虎的指揮，最終在一處地勢較高的開闊地開始搭建帳篷。

帳篷很好搭，就是那種只要兩根竿子一彎，便可以撐起來的單兵帳篷。搭好帳篷，猛虎小隊準備升起篝火，一來烤烤身上的濕衣服，二來可以加熱食物，三來還可以驅趕野獸。

猛虎小隊的單肩袋裏有一種專用的生火工具 —— 打火棒。它形狀就像小朋友吃的手指餅乾，不過要比手指餅乾長一些。

這種打火棒很有意思，你用火燒它時不會燃燒，受潮

以後也不受影響。只要用小刀垂直快速地刮擦其表面，就能刮下一些碎屑來。這些碎屑會在空氣中迅速自燃。

東北虎從那兩間小黑屋裏抱來很多柴草。華南虎掏出打火棒，用小刀刮削其表面。打火棒的碎屑落到柴草上立即產生了火苗，不久柴草便熊熊地燃燒起來。

黑藍虎興奮地打開一盒午餐肉罐頭，將肉片串成一

串，架在火上烤着吃。這盒午餐肉就是從直升機上空投下來的食品。

到達將軍山之後，經過猛虎小隊的分析，他們認為這些食品肯定是教官扔給他們的補充物資，所以便放心大膽地吃了起來。

飛禽小隊也已經安營紮寨了，她們把帳篷搭在了一個溝裏，認為這樣可以避風。飛禽小隊絲毫沒有意識到這樣做的危險性。

可能是太累了，猛虎小隊和飛禽小隊在吃過東西後，都早早地鑽進了帳篷裏。天氣變得悶熱起來，但是並沒有影響他們的睡眠。

雨無聲無息地就下了起來，沒有給這些初出茅廬的少年發出任何警報。雨水順着將軍山的山縫向下流淌，形成一條條小溪，流向山下的溝渠裏。

猛虎小隊的宿營地並沒有受到影響，因為在搭建帳篷的時候，華南虎指導大家做了充分的準備。他讓大家用單兵鐵鍬將帳篷下面用土墊高，然後在帳篷周圍挖出一圈排水溝，這樣可以將雨水引導至附近的溝渠裏。

雨水匯集到一起，流進了溝裏。水勢愈來愈大，飛禽小隊的帳篷被沖得向下移動起來。

正在熟睡的梅花雀突然感覺到好像掉進了河裏，驚恐之中睜開眼睛，發現帳篷裏都是水，而自己就泡在水裏。

「快醒醒，山洪來了。」梅花雀翻身躍起，從帳篷裏鑽了出來。

其他人迷迷糊糊地睜開眼睛，都被嚇壞了，慌亂地從帳篷裏跑出來。

梅花雀喊道：「快搶救我們的東西，要是被洪水沖走可就慘了。」

大家又返回溝裏，拚命地將帳篷和帳篷裏的物資往高處搬。

飛禽小隊的喊叫聲將猛虎小隊吵醒了。黑藍虎探出頭一看，驚慌地大喊：「飛禽小隊的營地被洪水沖垮了，我們快去幫忙。」

霹靂虎突然覺得很解氣，說道：「我看還是給她們一個教訓更好，誰讓她們的氣焰那麼囂張。」

劍齒虎心想，雖然大家説好井水不犯河水，可是在關鍵的時候不能袖手旁觀，於是帶頭衝出了帳篷。大家都跟着劍齒虎向飛禽小隊的營地跑去。霹靂虎也瘸着腿跳了過來，他嘴上雖然強硬，但心裏早就想去幫忙了。

　　猛虎小隊二話沒説，直接衝進了溝裏，幫助飛禽小隊將物資都搶救了回來。雨水將飛禽小隊淋成了落湯雞，將猛虎小隊淋成了落水狗。他們看着對方的樣子，不但沒有沮喪，反而哈哈大笑起來。

　　「謝謝你們幫忙，我們會湧泉相報的。」梅花雀對着猛虎小隊雙手抱拳，儼然一副女俠風範。

　　「都是江湖兒女，何必客氣！」劍齒虎回敬道。

　　「你們搞錯沒有？」啄木鳥搖着頭説，「是不是武俠小説看多了？我們是來特種兵學校當兵的，不是來闖江湖的。」

　　東北虎拎起飛禽小隊的東西：「走吧，到我們的帳篷裏去避雨。」

　　「對！我們把一半帳篷讓給你們。」霹靂虎也跟着説。

「那就恭敬不如從命了。」可能是太入戲了，梅花雀還是一副江湖腔調。

猛虎小隊擠到了兩個帳篷裏，而把另外三個帳篷留給了飛禽小隊。這一夜，小特種兵們過得很狼狽，也很快樂。

講武堂

在野外生火的方法

　　特種兵在野外生火最便捷的方法就是用打火機或者火柴，不過如果這兩樣東西都沒有，該怎麼辦呢？下面介紹幾種實用的方法。

1.　打火棒。打火棒是目前最受歡迎的野外取火工具之一。它的主體是一根鎂合金棒，本身接觸火源時不會燃燒，也不怕潮濕，只要用配套的刮匙或是小刀快速地垂直刮擦其表面，就能刮下一些碎屑來，碎屑會在空氣中迅速自燃。

2.　聚焦陽光來取火。太陽光具有很大的能量，使陽光透過凸透鏡聚焦到引火物上，可以將引火物點燃。望遠鏡、瞄準鏡或者照相機上都會有一個凸透鏡；冰塊也可以打磨成凸透鏡；透明塑膠瓶、玻璃瓶也可以變成凸透鏡，方法是把瓶子裝滿清水，然後將瓶身對準太陽聚焦。特別注意的是，

如果將凸透鏡聚焦的陽光直接照射到單張紙或者樹葉上，一般不易起火，而只會燒成一個小黑洞。最佳的辦法是把紙捲成香煙狀，或用細乾草作引火物，這樣便很容易引燃了。

3. 電池加鉛筆。在野外只要有鉛筆芯和電池，也能順利地把火生起來。方法很簡單，找兩根細鐵絲，將電池或充電電池的正負兩極接在鉛筆芯的兩端。沒多久，通電的鉛筆芯會像發熱線一樣發熱變紅，迅速將乾草、紙片等易燃的材料放在紅熱的鉛筆芯上，火苗就會冒起來了。

經過一夜的同舟共濟，猛虎小隊與飛禽小隊化干戈為玉帛，成為了同一條戰線上的親密戰友。

雖然飛禽小隊的東西都從雨水中搶救了出來，但是很多食物由於進水，已經不能吃了。這樣一來本就不足的食品更加短缺了。

一天之後，兩個小隊的食物都吃光了，水壺裏也是空蕩蕩的了。還有六天要堅持呀，這可怎麼辦？

雖然剛剛下過大雨，河谷裏的雨水流成了河，但是不乾淨的水絕對不能喝，搞不好會惹上傳染病的。

還是看似不起眼的綠頭鴨有辦法，她想到了一個淨化水源的方法。在物理實驗課上，老師曾經教給過他們一個自己製作淨水器的方法。

本來製作這個淨水器需要一個塑膠瓶子，但是這荒郊野外的根本找不到。於是，綠頭鴨靈機一動，想到了剛剛扔掉的鐵皮罐頭盒。

「霹靂虎，你幫我把罐頭盒的下面鑽幾個小洞。」綠頭鴨將罐頭盒遞給霹靂虎。

霹靂虎掏出軍刀，一邊鑽孔，一邊問：「這是做甚麼用的？」

「等會兒你就知道了。」綠頭鴨先賣了一個關子。

「劍齒虎你去河谷裏撿一些小石頭；東北虎你去收集一些細沙；黑藍虎你去看看能不能找到葦絮。」綠頭鴨分配了一大堆任務。

這幾個人分頭行動去了。不久，他們都完成了任務，帶着需要的東西回來了。

綠頭鴨開始工作，她在罐頭盒裏鋪上一層細沙，然後鋪一層小石頭，再鋪上一層葦絮。按照這個順序，來回鋪了好幾層。

「好了，淨水器完工，可以開始使用了。」綠頭鴨頗有成就感地説。

華南虎早就接了一壺滿滿的雨水在等着了，他將雨水慢慢地倒進罐頭盒裏。雨水經過層層的滲透、淨化之後，從罐頭盒下面的小孔滴下來。

「太神奇了。」

當看到清澈的水滴下來的時候，啄木鳥情不自禁地拍起手來。

霹靂虎將頭探到罐頭盒下面，就要直接喝流下來的水。

「這水不能喝。」百靈鳥一把將霹靂虎拽住了。

霹靂虎不解地問：「水不是淨化過了嗎，怎麼還不能喝？」

百靈鳥說：「生水裏有細菌，說不定還有蟲卵呢，要燒開才能喝。」

「女生就是事多。」霹靂虎無奈地搖搖頭，「我經常喝生水，這不也活蹦亂跳的。」

尖尾燕贊同百靈鳥的話，她也說：「我們還是把水燒開再喝吧！反正生火也不麻煩。」

「這些煩瑣的小事情就交給你們女生了。」霹靂虎順水推舟。

梅花雀說：「燒水交給我們沒問題，不過另有一件事情需要你們猛虎小隊去解決。」

「甚麼事情？」猛虎小隊異口同聲地問。

梅花雀揉着肚子説：「我們的肚子都咕嚕嚕地叫了，你們快想辦法找些吃的吧！」

是呀！這麼一提醒，猛虎小隊忽然也覺得肚子餓得有些扁了。他們決定到山上去轉轉，看看能不能找到食物。

在蟬鳴鳥叫聲中，猛虎小隊揮汗如雨地在山間密林中穿行。對他們中大多數人來說，這裏根本找不到任何食物。尤其是霹靂虎，他抱怨説：「這裏都是野花野草，我看牛馬來到這裏會高興。」

華南虎低着頭耐心地尋找着，他説：「別小看了這些花花草草，很多都是能吃的，而且味道不錯。我爺爺經常在山裏採野菜，既有營養，又沒有毒害。」

「我也在飯店裏吃過野菜，但是完全記不清它們長甚麼樣子了。」黑藍虎失望地説。

「你們看，這種野菜就能吃。」

黑藍虎的話音剛落，華南虎就有了重大發現。

大家趕緊圍了過來，看到地面上長着一種高達一米的植物，枝葉鮮嫩，上面披有白色茸毛。

「這是甚麼植物,能吃嗎?」東北虎問道。

華南虎興奮地説:「這是蕨菜,當然能吃。」

「這就是蕨菜呀,原來它長這個樣子。」黑藍虎顯然很興奮,「我只吃過做熟的蕨菜,今天終於見到它的廬山真面目了。」

華南虎彎腰開始採蕨菜,同時還介紹説:「蕨菜是野菜之王,吃起來不僅鮮嫩滑爽,而且營養價值很高,還有清熱、解毒、潤腸、化痰等功效呢!」

「哇!你怎麼知道的那麼多?」黑藍虎愈來愈佩服華南虎了。

「我爺爺是老中醫,這些都是從他那裏學來的。」

黑藍虎羨慕地説:「有個老中醫爺爺就是好。」

東北虎正在彎腰採集蕨菜,突然發現附近的一棵小樹上長滿了紅色的野果子。這簡直是意外大發現,饞嘴的東北虎放下手中的蕨菜徑直走了過去。

「這果子肯定好吃。」

東北虎説着就摘下了一顆,像豬八戒吃人參果那樣還

沒咀嚼便吞進了肚子裏。

劍齒虎一抬頭看到東北虎正在往嘴裏塞野果子，大聲喊道：「你小子發現了好吃的，也不招呼大家一聲，竟然自己偷偷地吃獨食。」

劍齒虎這一喊，大家都停止了採集蕨菜，站起身來看着東北虎。

「這果子有毒，快扔掉！」

突然，華南虎大喊一聲，緊接着朝東北虎衝去。

「這果子紅紅的，多漂亮，味道也不錯，怎麼會有毒呢？」東北虎不以為然地説道。

華南虎將他手中的果子打掉，焦急地説：「不能光看果子的外表，也不能只憑果子的味道判斷，愈是有毒的東西愈漂亮。」

「那我怎麼能知道這果子有沒有毒呢？」東北虎不解地問。

華南虎看了看滿樹的紅果子問道：「你們發現這果子有鳥類啄食或者其他動物啃食的痕跡了嗎？」

大家仔細觀察，還真沒發現有動物吃過這果子。可這又能説明甚麼呢？

華南虎解釋道：「鳥類和其他野生動物生活在這片山林裏，牠們自然知道哪些東西能吃，哪些東西不能吃，這是自然進化的結果。如果這果子沒有毒，鳥兒早就不會放過它們了，肯定會飛來啄食果子。」

「對呀！我們怎麼沒想到呢？」劍齒虎佩服地説。

聽完劍齒虎的話，東北虎突然覺得肚子裏面怪怪的，腦袋也開始發暈，眼前變得模糊起來。

「我好像中毒了！」

東北虎剛説完這句話，身體就像一攤爛泥那樣鬆垮地倒了下來。

講武堂

從植物中獲得水的方法

　　在野外獲得水的方法很多，很多植物的根莖含有大量的水分而且可以飲用，比如北方到處可見的茅草，其根莖中含有大量的水分，而且味道甘甜。

　　在北方，樺樹是很好的水源提供者。初春，用刀子在樺樹幹上鑽一個深幾厘米的小孔，插入一根細管，便會有液體源源不斷地滴出。

　　南方的叢林中還有一種儲水的竹子，這種竹子直徑約 10 厘米左右，竹節長約 50 厘米。竹節內的水既衞生還帶有一股淡淡的竹香。

　　在南方還有一種隨處可見的仙人蕉，它的芯中有大量的水。只要用刀將其從底部砍斷，乾淨的液體就會滴下來。

15

戰地野餐

東北虎倒在了劍齒虎的身上，這可把大家嚇壞了。

「東北虎，你快醒醒！」黑藍虎使勁地搖晃他的身體。

「快把東北虎的身體翻過來，肚子撐在你的膝蓋上。」華南虎對劍齒虎說。

劍齒虎照着華南虎說的動作，迅速地將東北虎翻了過來，膝蓋頂住了東北虎的肚子。這時，東北虎的姿勢是頭朝下，後背對着大家。

「霹靂虎，你快用力地拍打東北虎的後背。」華南虎繼續吩咐道。

霹靂虎揮起巴掌，用力地朝東北虎的後背拍去。華南虎則將手指伸進了東北虎的嘴裏，去摳他的喉嚨。這樣做的目的是讓東北虎感到噁心，把吃下去的食物都吐出來。

這幾個人互相配合，好一陣忙活，東北虎終於「哇」的一聲吐了出來。帶着刺鼻氣味的半消化食物吐了劍齒虎一身，可把他噁心壞了。

「你這小子賠我新迷彩褲。」劍齒虎心疼地說，這可是他的第一套迷彩服呀！

華南虎將水壺裏的水倒進東北虎的嘴裏，讓他喝下去，然後又重複剛才讓他嘔吐的動作。東北虎接連吐了好幾次之後，華南虎才善罷甘休。

把胃酸都吐出來的東北虎終於慢慢地恢復了神志，他有氣無力地說：「我以後再也不亂吃東西了。」

看到東北虎安然無事，大家懸着的心也放了下來。猛虎小隊繼續採蕨菜，準備返回營地生火做飯。

走到山林邊緣的時候，華南虎突然蹲在了地上，仔細地觀察着甚麼。

「你又發現甚麼了？」黑藍虎問道。

「你們看，這些腳印是野兔留下的。」華南虎興奮地說。

「那又怎麼樣，難道我們在這裏守株待兔不成？」霹靂虎不理解地問。

華南虎告訴大家：「野兔行走的路線是非常有規律的，所以牠肯定還會經過這裏。只要我們在這裏安放捕捉野兔

的工具，肯定能抓住一隻。」

「有兔子肉吃當然好，可我們到哪兒去弄捕捉野兔的工具呢？」劍齒虎遺憾地說。

只見華南虎從單肩袋裏掏出了一個野兔夾子，霹靂虎一眼就認出來了：「這不是把我的腳夾傷的那個夾子嗎？」

華南虎嘿嘿一笑：「沒錯，就是它。我當時想這個夾子也許以後能用得着，於是就收起來了。」說着，華南虎將這個夾子打開，放在了野兔經過的路線上。

大家不得不佩服華南虎的細心，就連愛發號施令的劍齒虎也自愧不如。

放好野兔夾子，猛虎小隊繼續返回營地。華南虎決定回去以後，再製作一些捕捉野兔的陷阱，這些都是跟爺爺學的。

飛禽小隊看到猛虎小隊回來了，都瞪大眼睛看着他們手裏拿回來的東西。

「這是甚麼？能吃嗎？」啄木鳥的眼睛裏冒着渴望的光。

霹靂虎神氣地説：「當然能吃，你們就瞧好吧！」

飛禽小隊擔負起了清洗野菜的任務。猛虎小隊則負責生火。他們用來煮野菜的工具也很特別，是一頂鋼盔。

野菜剛一下鍋，霹靂虎就不停地把鼻子湊過去，嗅來嗅去，還沒完沒了地問：「快熟了嗎？」

「你是不是餓死鬼轉世投胎的？」梅花雀十分厭惡地對霹靂虎説，「別礙着，等野菜湯熟了自然會叫你。」

霹靂虎乖乖地坐到了一邊，不過目光卻一直沒有離開那鍋野菜湯。

「華南虎去哪裏了？」突然，黑藍虎問道。

大家四周觀察，都沒有發現華南虎的影子。霹靂虎小聲説：「還用説嗎，一定是找個沒人的地方上廁所去了。」

東北虎點點頭説：「是呀，跟女生生活在一起就是不方便，上廁所都要跑到一百米以外的樹林裏去，太麻煩了。」

野菜湯熟了，百靈鳥負責分配。她非常公平，分給每個人的都一樣多，還特意給沒有回來的華南虎留了一份。

霹靂虎的肚皮早就餓得像泄了氣的癟皮球了。他迫不

及待地折斷一根樹枝當作筷子，挑起了野菜往嘴裏放。

因為缺少調料，野菜的味道並沒有大家想像的那樣鮮美。這還不算甚麼，本來看着很多的野菜放到水裏一煮，就變得沒有甚麼了，所以根本吃不飽。

沒辦法，大家又進入山林中尋找食物。就這樣在半飢餓的狀態下，猛虎小隊和飛禽小隊熬過了兩天。

那天煮野菜的時候，華南虎不在場，是因為他在小屋裏找到了幾根捆柴草的細鐵絲，用它們製作了幾個抓野兔的陷阱，放到了野兔經過的路上。

現在大家都把希望寄託到了華南虎的身上，希望他的野兔夾子和陷阱能有收穫。可是，一次次的希望換來了一次次的失望。

在第三天的中午，連續吃了三天野菜的少男和少女們，已經一看到野菜就開始反胃了。不過，沒有辦法，要想活下來就必須吃下這些野菜。

飛禽小隊照樣負責清洗，猛虎小隊還是負責生火。華南虎又一次不見了。大家知道華南虎肯定又是去看他的那些野兔陷阱和夾子了。

「我覺得華南虎的那些工具一隻野兔也不可能抓到。」霹靂虎已經再也沒有勇氣去聞野菜湯的味道了。

百靈鳥的聲音依舊很動聽，她說：「我相信華南虎，說不定一會兒他就能帶回來一隻野兔。」

霹靂虎搖搖頭說：「一會兒他要是能帶回來野兔，我就從此改名叫霹靂貓。」

百靈鳥踮起腳尖向遠處看，她的表情變得興奮起來，說道：「霹靂貓，你現在可以正式改名了。」

「不會吧！華南虎真的抓到野兔了？」霹靂虎轉過身去，果然看到華南虎手裏提着一隻野兔，正在往回跑。

女生們都圍了上去，簡直把華南虎當成了偶像。啄木鳥的嘴可甜了：「華南虎，你簡直就是救世主呀！這次我們不僅可以吃飽，而且可以吃好了。」

苦差事交給了猛虎小隊，他們負責將野兔清洗乾淨。霹靂虎雖然變成了霹靂貓，但是他仍舊很高興，忙前忙後地忙着。

當野兔架在火苗上，被烤得吱吱直響的時候，少男

少女們的口水都在嘴裏咽下去又湧上來，就差從嘴裏流出來了。

由於是第一次動手烤野味，作品算不上成功，但是每個人都胃口大開。男生自然不用說，個個露出了吃貨的本質，女生也都顧不上淑女的形象了。

不到十分鐘，一隻又大又肥的野兔就被這些少年們啃得只剩下骨頭了。

霹靂虎滿意地打了一個飽嗝，身體向後一倒，躺在了地上。「這是我有生以來，吃過的最美味的一餐。」

尖尾燕把大家扔掉的野兔骨頭一根根地撿了起來，裝在了袋子裏。

劍齒虎不解地問：「你收集這些骨頭幹甚麼？」

「你們這些男生就是不知道廢物利用。」尖尾燕說，「這些骨頭可以在煮野菜的時候放在鍋裏，野菜湯的味道就會好多了。」

大家朝尖尾燕豎起了大拇指。劍齒虎佩服地說：「你真是一個好廚子的材料。」

「你才是好廚子的材料呢！」尖尾燕不愛聽這句話，「我是特種兵的好材料。」

東北虎滿意地摸着自己的肚子：「我看照這樣下去，用不了多久，我們都會成為野外生存的高手了。」

這句話算是説出了教官們的良苦用心。張小福和關悦兩位教官之所以讓猛虎小隊和飛禽小隊徒步行軍來到將軍山，然後又把他們丟在這裏，就是為了鍛煉他們的野外生存能力。這是成為特種兵的第一課。

猛虎小隊和飛禽小隊團結互助，他們想辦法喝到衞生的水，學會了尋找食物，還摸索出了野外露營的方法。就這樣，他們頑強地熬過了一個星期。

在第八天的早上，太陽從東方升起的時候，猛虎小隊和飛禽小隊的隊員們，心中也明亮起來。因為按照那張紙條上的約定，今天教官們會出現，他們的野外生存也將畫上一個完美的句號。

可是，太陽從東面轉到南面，又從南面轉到了西面，張教官和關教官卻始終沒有出現。隊員們滿心的希望再次變成了失望，他們都在想，這是不是教官們設下的又一個騙局？

講武堂

如何辨別有毒的植物

世界上有幾十萬種植物，半數植物可以食用。但是野生植物很多是有毒的，所以要學會辨別的方法。

第一步是嗅氣味。將鼻子靠近植物的枝葉，嗅植物是否有強烈刺激性氣味，如果有就要謹慎了。

第二步是皮膚測試。折斷植物的莖幹或者撕開葉子，將少量液體塗在肘部或手腕部位，如果植物有毒的話，皮膚會變紅或發腫，有灼痛或瘙癢感等不適的感覺，說明植物中含有刺激性的毒素。

第三步是咀嚼。嗅覺和皮膚測試之後，可以先選取植物的一小部分，用舌尖輕舐，如果沒有異常再放進嘴裏細細地咀嚼。切記，品嘗的時候千萬不要咽下。一般來說有怪味的植物不能食用。

下集預告

② 衝破特訓營

猛虎小隊和飛禽小隊已經在野外熬到第八天，可是教官們仍舊沒有出現。這到底是怎麼回事呢？答案將在《特種兵學校》系列第二冊《衝破特訓營》中揭曉。

特訓營魔鬼訓練——跟隨特種兵猛虎小隊一起學習三角翼飛行。

魔鬼訓練營之射擊訓練 —— 射擊可不是一件容易的事，飛禽小隊的女生們要出醜了。

魔鬼訓練營最後的任務 —— 密道逃生。突遇大水的少年們能戰勝最後的困難嗎？

特種兵學校的教官們會使用先進的武器和高明的戰術，還會設計一個又一個的圈套。而學員們則是見招拆招，青出於藍而勝於藍，最終誰通過了教官的考核，獲得了榮譽徽章呢？

中